GW00801701

Agnès Desarthe, née en 1966, est romancière et traductrice (*La Belle Vie* et, en 2008, *La Chambre de Jacob*). Après un premier roman remarqué – *Quelques minutes de bonheur absolu* –, elle s'impose comme une des voix les plus fortes de la jeune littérature française en publiant *Un secret sans importance* (prix du Livre Inter 1996), *Cinq Photos de ma femme*, *Les Bonnes Intentions*, *Le Principe de Frédelle* et, plus récemment, *Mangez-moi*. Elle écrit également pour la jeunesse.

Agnès Desarthe

LE REMPLAÇANT

Éditions de l'Olivier

TEXTE INTÉGRAL

ISBN 978-2-7578-1943-2
(ISBN 978-2-87929-644-9, 1re édition)

© Éditions de l'Olivier, 2009

Dans certaines cultures, ce qui distingue l'aristo-cratie du commun, c'est l'art de porter l'habit, dans d'autres celui de guérir par imposition des mains, de reconnaître un grand cru ou de lire l'avenir dans les feuilles de thé.

Chez nous, ce qui permet de sortir du lot, c'est la façon de raconter les histoires ; plus précisément, les histoires drôles.

Chaque famille juive possède son conteur légen-daire, et chacune pense que le sien est meilleur que les autres. C'est une compétition permanente et sournoise.

Il est très émouvant d'assister à la naissance d'un conteur. Il ou elle (ce sont le plus souvent des garçons, mais je tiens à maintenir cette ambi-valence des genres le temps d'une phrase, afin de rendre justice aux exceptions) – il ou elle a le teint brouillé, quelques boutons, souvent des lunettes. Ses cheveux sont trop gras ou trop secs ; son corps est trop gros ou trop maigre ; l'adoles-cence le ou la torture, l'écartèle, fait subir à son nez des distorsions perverses, agite son sang, lui serre soudain les boyaux, fait monter le rouge à son front.

C'est lors d'un dîner de famille ou, pourquoi pas, d'une fête. L'aspirant patiente, ses mains moites triturant sa serviette de table, il guette le blanc, l'espace, fût-il infime, dans lequel il va glisser une plaisanterie, la sienne, une nouvelle, que personne ne connaît. Il lui faudra surveiller le volume de sa voix. Trop fort, il se fera moucher ; trop faible, personne ne l'écoutera. Il a longuement travaillé en prévision de ce qui sera peut-être un fiasco. Il va tout donner. Il sait qu'il peut tout perdre. Il écoute depuis qu'il est petit, note dans sa tête, sait qu'il ne faut pas écrire. D'instinct, il connaît le sacrilège que représente le diabolique « carnet de blagues ». Il exerce sa mémoire, se raconte les histoires des autres en boucle ; le fait face à un miroir mental, en allant à l'école.

Souvent, à cause de cela, il ne voit pas les crottes de chien et marche dedans, ignore les rebords de trottoir et s'y cogne le pied avant de s'étaler de tout son long. L'aspirant mène une vie d'ascèse et de ridicule.

Et puis un jour, il la tient, l'histoire que personne dans sa famille ne connaît. Il l'a entendue ailleurs, chez d'autres. Il ne dira pas où, plutôt mourir. Il ne faut pas qu'elle soit trop drôle. L'aspirant sait qu'il n'aura pas de seconde chance.

Au moment d'ouvrir la bouche, il sent la sueur ruisseler le long de ses bras. Deux vannes se sont ouvertes sous ses aisselles.

Ne pas renoncer, ne pas bégayer. Les regards se tournent vers lui. Pas tous les regards. Ceux des

femmes s'abstiennent ; sa mère, ses tantes recon-
naissent et redoutent la solennité du moment. Elles
n'ont pas le goût des mises à mort. Parfois, les plus
âgées, une grand-mère, une arrière-grand-tante, osent
s'intéresser à la performance. Elles en ont vu d'autres,
leur cœur est endurci, elles recherchent les émotions
fortes.

C'est le moment. Mais à peine est-ce commencé
que c'est déjà fini. Le temps s'est replié sur lui-même.
On n'a rien senti. On ne s'est même pas entendu parler. On se doute, à l'engourdissement des mâchoires,
que les mandibules sont entrées en action, que la
langue a fait son travail, que le gosier a accompli
le sien. Une surdité soudaine et passagère a jeté
son brouillard sur la scène. Le silence étincelle, plus
menaçant qu'une lame. Une seconde plus tard, on
sera fixé. Sauf que cette seconde, à l'inverse des
minutes qui ont précédé, s'étire infiniment.

Un hochement de tête du chef de famille et on est
sauvé : les rires suivront. L'initiation aura réussi. À
partir de là, plus la peine de renouveler l'exploit.
Lors des dîners suivants, non seulement les adultes
n'interrompront pas le gosse, mais ils le solliciteront.

On aurait cependant tort de croire que de tels suc-
cès sont fréquents. La plupart du temps, le débutant
connaît l'échec. Les yeux se détournent. Il n'en faut
pas davantage. La carrière se termine avant d'avoir
commencé.

Pas l'ombre d'une justice là-dedans. Seules les
apparences de l'équité sont maintenues. Le hasard
est maître. Pour preuve, de nombreux conteurs sont
mauvais. À l'inverse, certains grands timides, qui

ont pris l'habitude de ne jamais ouvrir la bouche, vous font tordre de rire le jour où – excès de boisson ? euphorie passagère ? – ils s'autorisent à braver l'interdit qui leur a barré l'accès à la scène comique des années durant.

Le statut de conteur est le résultat d'une loterie plus que le reflet d'une compétence.

En va-t-il de même dans d'autres domaines ? Je songe aux artistes. Je songe aux écrivains.

Mais je pense surtout à mon grand-père.

*

Quand j'étais enfant, je ne comprenais pas pourquoi mon grand-père avait plusieurs prénoms. Le plus courant était Bousia, qui me mettait mal à l'aise parce qu'il me faisait penser à « bouse ». D'ailleurs la plupart du temps c'était même ainsi – le souvenir m'en revient subitement – qu'on l'appelait : Bouse, que je préfère orthographier Bouz.

Je trouvais ça bizarre de donner à quelqu'un le nom d'une crotte de vache, et encore plus bizarre d'être la seule à m'en inquiéter. Ce n'est que plus tard que j'ai appris que ce sobriquet était en réalité le diminutif de Boris. Mon grand-père s'appelait donc Boris. Mais il s'appelait aussi Baruch.

Baruch, comme dans la prière, pensais-je à dix ans, alors que j'assistais aux cours d'hébreu que prenait mon frère en prévision de sa bar mitsva. Baruch comme dans *Baruch ata adonaï* / Béni sois-tu, éternel notre Dieu. Mon grand-père s'appelait donc Béni, ou pourquoi pas Benoît, Benoît qui n'est pas si loin de benêt. Ainsi allaient mes rêveries autour du mille-feuille onomastique.

Mais peut-être ferais-je mieux de commencer par expliquer que mon grand-père n'est pas mon grand-père. Le sang ne nous lie pas. Bouz, Boris, Baruch n'est pas le père de ma mère. Le père de ma mère a été tué à Auschwitz en 1942. B.B.B – appelons-le ainsi, pour faire plus court – est l'homme avec qui ma grand-mère, la vraie, la mère de ma mère, a refait sa vie… Si l'on peut dire.

Avant la guerre, triple B et sa femme avaient été des amis de ma grand-mère et de son époux. Ils faisaient partie de la même bande. Après la guerre, l'épouse de l'un et le mari de l'autre ayant disparu dans les camps d'extermination, le veuf et la veuve ont décidé de vivre ensemble, sans se marier parce que mariés, ils l'avaient déjà été et ne se sentaient peut-être pas prêts à recommencer. Se précipiter à la mairie aurait constitué, à leurs yeux, un genre de trahison envers les disparus.

Je les imagine, hésitants et dubitatifs. Pas de déclaration d'amour ardente, pas de réparation. Une vie nouvelle, certes, mais bancale, faite de mille accommodements. Triple B avait le bon goût de n'être pas à la hauteur du disparu ; ni aussi beau, ni aussi intelligent, ni aussi poétique que le mort qu'il remplaçait. On avait perdu au change, et c'était parfait ainsi, moins culpabilisant. La médiocrité du nouveau permettait d'honorer convenablement la mémoire de l'ancien.

Toutefois, ce que je percevais, enfant, n'était pas tant cette comparaison défavorable que la spécificité du couple que formaient mes grands-parents. Leur union n'était pas fondée sur l'amour ou le désir, mais sur un sentiment plus doux, et peut-être plus durable : l'amitié. Ainsi, parce que la passion ne menaçait pas le ménage, parce que l'enjeu était moindre, parce que chacun d'eux acceptait ce compromis sans se leurrer sur sa nature, il régnait dans leur foyer une atmosphère qui me convenait et dont, même à l'époque, je sentais qu'elle échappait à la malédiction de la conjugalité. Un couple qui n'en est pas un, comme dans *Macbeth*, l'enfant qui n'est pas né d'une femme.

Ce genre de ruse constitue un bon moyen de se dérober à la pesanteur du destin et à l'amer sentiment d'inéluctabilité qui en découle.

*

Mon grand-père avait une 204 Peugeot vert bouteille, avec des sièges en skaï beige à trou-trous. Peut-être suis-je en train de faire l'amalgame de deux véhicules, mais c'est ainsi que le souvenir remonte, accompagné de l'odeur ; une merveilleuse odeur de plastique chaud et d'autre chose de plus indéfinissable, un parfum âcre et persistant, pointu et pas du tout écœurant.

Je me rappelle un trajet avec mes grands-parents dans ce véhicule. Je suis allongée sur la banquette, je dois avoir trois ou quatre ans, et je pense : Tiens, il y a de la paille sur le toit. Longtemps après, je comprends que le bruit que j'ai entendu était celui de la pluie sur la tôle. Ce détail n'est pas anodin, il participe d'une impression plus générale, liée à l'exotisme de Bouz et Tsila (ma grand-mère). Les objets de leur quotidien n'étaient pas les mêmes qu'à la maison, du coup, on pouvait s'attendre à tout.

Des gens qui avaient une pince à sucre en forme d'araignée, buvaient leur thé dans des verres qu'ils appelaient « stakan » et mettaient à infuser les feuilles dudit thé dans une cuillère à coulisse, pouvaient parfaitement posséder une voiture dont le toit se couvrait de paille, un genre de roulotte chaumière.

Au chapitre des objets typiques, sans doute présents dans d'autres foyers mais jamais vus ailleurs par mes yeux de fillette, figurent également : le petit vase « en Vallauris » (j'ai longtemps cru que « le vallauris » était une matière), le décapsuleur-guitare fixé, grâce à un aimant, au ventre d'une figurine en fil de fer pourvue d'une tête en bois, un service à thé chinois en porcelaine ultrafine ornée de fleurs bleu foncé (symbole absolu de l'élégance et de la délicatesse selon moi à six ans), une poupée chauffe-théière dont la jupe matelassée et recouverte de satin vert condensait tous les mystères de la féminité (ou presque). Je dois ajouter que cette poupée, au corps rembourré de mousse et à la ravissante tête de caoutchouc, était coiffée d'un fichu jaune et portait aux oreilles deux minuscules dormeuses en perle. C'était une princesse russe, plus rare que les matriochki (poupées gigognes en bois peint), une jeune fille et non une matrone, bref, mon modèle. Il y avait aussi un sucrier en fer-blanc peint en orange vif et zébré de motifs jaune, noir et blanc, avec une anse légère finement gravée et un couvercle en forme de téton, ainsi qu'un grand couteau à bout rond dont le manche en résine transparent était incrusté de dizaines de picots en plastique kaki, noirs et rouille ; le clou de la collection étant un objet en bois, dont l'usage – à l'instant – m'échappe (porte-clé, éphéméride ?), décoré d'un alpiniste en relief et, comble du comble, d'un edelweiss véritable.

Je ne me suis jamais ennuyée chez mes grands-parents. Il y avait toujours un objet à admirer, à étudier, dont il me fallait élucider la provenance, comprendre le maniement. J'étais en quête de quelque chose, d'une explication, d'une confirmation. D'où venaient-ils ? Étaient-ils russes ? Étaient-ils roumains ? Et quand ils ne parlaient pas français, était-ce du yiddish que j'entendais ? J'ignore la nature de l'énigme que je tentais de déchiffrer, je ne me rappelle que de la joie que j'éprouvais chaque fois que je m'y confrontais.

*

Triple B portait des marcels éculés et des polos en jersey de nylon. Dans l'idée de masquer sa calvitie, il avait adopté la fameuse mèche en travers. Le stratagème consistait à rabattre les cheveux de droite à gauche au sommet du crâne. Parfois la mèche se dressait, rebelle, et mon papi avait l'air d'une grue couronnée.

Il était électricien, mais je ne me souviens pas de lui travaillant. Je crois que c'était un artisan médiocre. Les seules anecdotes qui me reviennent sont des récits de catastrophes : ici, une rampe électrique fixée au-dessus de la table d'examen d'un pédiatre et qui, le premier jour suivant l'installation, se décroche soudain du plafond, manquant de transformer un nourrisson en steak haché ; là, un ouvrier conseillé par ses soins qui détruit consciencieusement l'appartement des commanditaires en creusant des saignées tellement profondes dans les murs qu'elles aboutissent chez le voisin de palier.

Un jour, alors que je suis en primaire, j'entends dire que Bouz a reçu des électrochocs. Je commence par penser qu'il s'agit d'une pratique courante chez les électriciens, un truc lié au métier ; mais le ton sur lequel mes parents en parlent, ainsi que le mot « hôpital » prononcé avec la voix que les adultes emploient pour évoquer le malheur me font comprendre mon erreur. C'est grave. C'est quelque chose qu'on fait aux fous, aux aliénés (j'adorais ce mot, j'aimais aussi la « camisole de force »). Je me demande si mon papi a perdu la tête. J'ai peur qu'on le lobotomise.

Quand je le revois, il est exactement comme avant. Je me demande ce qui s'est vraiment passé. Quel effet ça fait quand votre conjoint devient fou, comment on s'en rend compte ? On m'explique qu'il ne s'agit pas de folie, que c'était juste une dépression. Mon grand-père n'a pas l'air triste. J'ai le sentiment qu'on me cache quelque chose.

Trente ans plus tard, je demande à ma mère de me raconter ce qui s'était passé à l'époque. Elle me dit que Bouz devait prendre sa retraite et qu'il ne s'en sortait pas avec les comptes. Cela faisait des années qu'il se livrait à une forme de fuite en avant, négligeant de classer les papiers, accumulant les impayés ; du coup, au moment du bilan, il avait perdu les pédales. Il disait qu'il voulait se suicider.

J'ai beaucoup de mal à me représenter la scène. J'ai gardé de mon enfance l'idée – erronée, je le sais – que les adultes sont responsables, un grand-père a fortiori. Ma mère m'explique que triple B ne voulait pas avoir de problèmes, il n'aimait pas ça. Au lieu de les régler, il préférait faire comme s'ils n'existaient pas. C'était un adepte du tas de miettes sous le tapis.

Le mot « lâche » me vient à l'esprit, mais il glisse sur la bouille rigolarde de triple B. Je pense à ses évasions.

Pendant la guerre, il ne supportait pas non plus le camp de prisonniers, alors il se faisait la belle. Il aimait mieux courir le risque d'être repris, ou même tué, plutôt que de moisir sous les ordres d'officiers allemands.

Cette période, racontée par mon grand-père, ressemble à certains films français, un rien louches, sortis entre les années 50 et 60, avec Bourvil et de braves nazis, grotesques et bons vivants, pas si méchants que ça, finalement.

Bouz n'a pas connu les camps de concentration, parce que, s'étant engagé dans l'armée française, il était considéré comme un prisonnier de guerre et n'a jamais été découvert comme juif.

Je l'écoutais livrer son épopée rocambolesque avec *Le Chant des partisans* en musique de fond dans ma tête. Mon institutrice de CM2, Mme Peyrat, nous l'avait appris en classe, et nous l'entonnions, exaltés. J'avais mal compris le cours d'histoire. Je ne sais comment, j'en étais venue à croire que la France avait gagné la guerre grâce à son peuple courageux, engagé en masse dans la Résistance. J'étais fière de mon pays. Je n'en parlais pas trop, car je devais sentir que tout n'était pas si simple, et aussi parce que j'avais très tôt pris l'habitude de douter de ce que je pensais avoir assimilé.

Un mélange de distraction, de propension à la rêverie, de manque d'esprit de synthèse et d'absence de mémoire fait que je suis incapable de fixer l'information, à la manière de certains organismes qui ne parviennent pas à fixer le fer ou le magnésium. Je ne comprends jamais ce qu'on me dit. Je comprends autre chose. Il me faut des images, il me faut des métaphores.

Tout ce que j'ai retenu m'a été enseigné par les romans, le théâtre ou la poésie. Je n'ai jamais rien retiré des cours à l'école ou au lycée, des documentaires télévisés, de la lecture des journaux.

Un jour, dans un salon de thé du Marais, la responsable du musée des Combattants du ghetto de Varsovie s'est emportée, alors que nous discutions de ses programmes de formation, parce que, disait-elle, les jeunes qu'elle rencontrait n'avaient aucune idée du nombre de personnes massées dans le ghetto pendant la guerre. Je n'ai pas osé lui dire que moi, qui n'avais pas l'excuse de la jeunesse, je ne le savais pas plus qu'eux. Elle a mentionné un chiffre, que j'ai oublié depuis. J'ai haussé les sourcils, avancé le menton, pour me donner l'air de celle qui mesure l'aberrante concentration, mais en réalité je n'en avais pas idée. Cinq mille, cinquante mille, cinq cent mille ?

Je relis, aujourd'hui, un recueil de textes autour de l'insurrection du ghetto et je découvre que j'ai souligné le nombre 400 000.

J'ai dit à la responsable qu'à mon avis, le seul moyen de faire comprendre à ses interlocuteurs, jeunes ou vieux, les conditions de vie des juifs de Varsovie était de les faire entrer dans une petite pièce, une chambre, par exemple, à dix ou à quinze, et de leur dire : Voilà, c'est là que vous habitez maintenant, tous ensemble ; arrangez-vous pour trouver un coin où dormir.

J'ai conscience d'être un cas extrême, mais j'ai l'impression que nombreux sont les gens qui, tout en pensant pouvoir se fier à leurs représentations, n'ont en fait aucune idée de ce qu'est le monde, de ce qu'il a été. Nous sommes pratiquement incapables de comprendre ce dont nous n'avons pas, personnellement, fait l'expérience et c'est, selon moi, ce handicap qui constitue l'une des sources les plus certaines de la barbarie.

L'image, la métaphore nous sauvent de l'isolement, du solipsisme. Mais la métaphore a si mauvaise réputation dans l'Occident moderne que les seuls auteurs qui continuent d'y recourir sont les journalistes sportifs. Pour le reste, on n'y a plus droit, c'est ringard, ça fait vieux, comme cette manie de vouloir raconter des histoires. À quoi bon, quand on a si bien développé les techniques d'analyse et d'enregistrement du récl ?

Ces derniers temps, la réalité gagne de plus en plus de batailles contre la fiction.

Je me demande, dans ces conditions, ce que va devenir mon peuple dont l'aristocratie se compose essentiellement de conteurs, bons ou mauvais, peu importe.

Au moment où j'écris ces mots, triple B a quatre-vingt-seize ans. Il est alité, dans son appartement, au huitième étage d'une tour du treizième arrondissement à Paris. La plupart du temps, il dort. Quand il se réveille, il parle. Ce qu'il dit n'est pas toujours cohérent. La dernière fois que je l'ai vu, il m'a raconté les fantasmes sexuels de deux femmes de sa connaissance, avec beaucoup de délicatesse et d'humour. En sortant de chez lui, je me suis dit que c'était peut-être la dernière fois qu'il me parlait et je me suis réjouie à l'idée que, jusqu'au bout, il ait gardé la force et la fantaisie nécessaires à raconter, plutôt que de se borner à échanger des nouvelles.

*

Triple B a toujours raconté des histoires, mais j'ai mis un certain temps à leur prêter attention. Les enfants sont sensibles à la popularité des adultes. Une grande personne dévalorisée par son entourage ne peut compter sur le soutien des plus petits, car ces derniers ont le goût de la victoire et peu de scrupules.

Ainsi, parce que mon grand-père agaçait ma grand-mère, dégoûtait ma grand-tante et paraissait laisser ma mère indifférente, je ne prenais pas la peine de l'écouter. Il ne bénéficiait pas de l'aura que procure le statut de conteur. C'était papi Bouz et voilà, on pouvait lui crier dessus, le réprimander, lui dire : « Ferme donc la bouche quand tu mâches » ou « Pas la peine de parler aussi fort » sans qu'il en prenne ombrage, sans créer de malaise. Il n'était, je le rappelle, rien de plus qu'un remplaçant.

Tout en étant solidaire de cette vision – avais-je le choix ? –, je l'aimais beaucoup, peut-être justement parce qu'avec lui, la filiation prenait des chemins détournés. J'aimais l'idée de pouvoir être sa petite fille, alors que ma mère n'était pas sa fille, comme s'il avait été permis de sauter une case.

Quand j'étais enfant, mes parents passaient souvent sur la platine un negro spiritual dont le refrain était : « Sometimes I feel like a motherless child. » Ce qui signifie : « Parfois je me sens comme un enfant sans mère. » Dès que j'ai su un peu d'anglais, j'ai traduit pour moi-même cette chanson avec une faute révélatrice. J'entendais : « Sometimes I feel like a mother less child » que je comprenais comme « Parfois, je me sens comme une mère sans enfants ». Je passais des heures à ruminer ce paradoxe dont finirait par surgir – pensais-je – un des grands secrets de l'humanité.

C'était cela la vraie douleur : être une mère sans enfants, un écrivain sans livres, un chanteur sans voix, un conteur sans histoires. Avoir le désir et l'envergure, l'ambition et les dispositions nécessaires, mais échouer malgré tout, par manque d'initiative, de chance, ou encore par hasard.

Il me semblait que, dans le cas de triple B, la guerre avait tordu le cou à cette malédiction. N'était-ce pas la guerre qui l'avait fait grand-père ? On pourrait, bien sûr, produire le raisonnement inverse en considérant que si cette même guerre ne l'avait pas privé de sa femme, Bouz aurait peut-être eu une descendance. Mon petit doigt me dit, cependant, que son couple était stérile. Je ne puis l'affirmer, car je ne suis jamais sûre de rien. On pourrait me l'avoir dit, je pourrais l'avoir déduit. J'ai du mal à faire la différence entre mes intuitions et mes certitudes à cause de cette si mauvaise mémoire dont j'ai déjà parlé. Je vis dans un monde où les dates flottent, où les faits n'ont pas plus de substance que les rêves.

Mon grand-père me confia un jour qu'il savait sculpter la pierre. Je crois que son père était lui-même tailleur de pierre. Je vois Bouz, adolescent, dans la courette devant sa maison à Kichiniev, une petite ville de Bessarabie (à partir de là, je ne sais plus distinguer ce qui appartient à sa narration de ce qui est le fruit de mon imagination) ; des herbes hautes poussent entre les gravillons. Il est apprenti, il va graver des noms sur des tombes. C'est un métier triste, mais pas selon lui. Cela lui plaît d'écrire sur le marbre. Il a du talent, alors il se met à dessiner à l'aide de son burin, il trace des arabesques sur des chutes récoltées à l'atelier. Il dresse les plaques décorées (c'est un jour de grand soleil, nous sommes au printemps) au bord du jardinet, comme pour fabriquer une clôture. Les passants admirent son travail, surtout les femmes. On l'encourage, mais il ne devient pas tailleur de pierre. Il devient communiste.

Mon grand-père m'a abondamment parlé du communisme, surtout pour me dire combien il en avait été déçu. Mais je ne le croyais pas.

C'était quelque chose dans son intonation : s'il faisait le récit des premières années, de son engagement parmi les pionniers à l'âge de treize ans, sa voix vibrait et je voyais des images (petits foulards rouges, drapeaux, banderoles, poitrines étroites que l'on bombe, chemisettes et shorts), à l'inverse, quand il évoquait la faillite du système, les injustices et les crimes, sa voix redevenait neutre et je ne voyais rien, cela ne m'intéressait plus. Je voulais croire à la cause, à la fraternité, au partage des richesses, à l'égalitarisme. Je comprenais que pour faire advenir cette utopie, il fallait réprimer les plus bas instincts de l'homme : le désir d'accaparer, d'accumuler, de faire fructifier ; et j'étais à fond pour. Je ne voyais pas comment on pouvait bercer un autre rêve. Ce modèle semblait si parfait qu'il était, à mes yeux, inconcevable d'y résister.

J'étais déçue à mon tour, mais pas par les purges staliniennes, j'étais dégoûtée par l'incapacité de l'homme à faire son propre bonheur.

« Mon père avait un proverbe, disait Bouz. Sur un pommier il pousse toujours une pomme gâtée. » J'avais demandé une explication. « Cela signifie, avait-il précisé, que si même les pommes sur un arbre sont inégales, il ne peut qu'en aller pareillement chez les hommes. Il y a toujours un gâté, un pourri, qui fiche le système en l'air. »

Je n'étais pas convaincue. J'avais compris le dicton de mon arrière-grand-père à l'envers. Pour moi, il signifiait que la nature générait forcément des défauts, mais que, grâce aux efforts de l'homme, ils pouvaient être corrigés. Les hommes naissaient, certes, inégaux, mais grâce au communisme, on avait les moyens de niveler les différences. Je ne voulais pas m'arrêter d'y croire. J'avais dix ou douze ans et je n'avais jamais rien connu de plus excitant.

J'entends encore triple B prononcer « Soljenitsyne », avec le « i dur » suivi du « i mouillé », ce nom si musical, que j'assimilais à celui d'un médicament très efficace. Je ne pensais pas que cet auteur critiquait le communisme. Avec un nom pareil, me disais-je, il ne pouvait qu'en être l'apôtre. Nous étions dans le jardin, les pommiers étaient en fleurs, le soleil d'été brillait et je rêvais aux énormes nœuds blancs que j'aurais noués à mes couettes si j'avais eu la chance d'être une petite pionnière. J'entrais en sixième et je déclarais, très fière, à qui voulait l'entendre, que ma famille était géniale parce que nous étions tous réactionnaires.

Réactionnaire, selon moi, ça voulait dire « qui réagit, qui ne se laisse pas faire », en d'autres termes : révolutionnaire. Je semais l'incompréhension autour de moi et j'ignorais pourquoi Nathalie S. qui n'arrêtait pas de se vanter d'avoir des parents « de gauche, mais alors, tu vois, vraiment de gauche » me méprisait. Je rêvais à la révolution russe ; je craignais les Russes blancs dont on disait qu'ils habitaient dans le quartier de l'Observatoire, près du Luxembourg. Je me tenais prête pour le retour des grandes idéologies. Lénine, Staline avaient des noms charmants, vraiment, des noms de princesses. J'étais sensible à la beauté discutable des statues monumentales représentant des ouvriers et des ouvrières en marche, le poing levé, les bras puissants, le regard vers l'horizon.

En classe de quatrième, je décidai de faire du russe. Au bout d'un mois à peine, j'appris à dire « Ya rabotayou na zavod » (je travaille à l'usine). Dans notre manuel, les illustrations en trichromie kaki-noir-rouge m'enchantaient. J'admirais leur sobriété. À la maison, j'écoutais le disque des chœurs de l'armée Rouge et je rêvais de faire le saut « grand écart en l'air » à la manière du beau jeune homme qui dansait sur la pochette.

Triple B ne m'avait pas endoctrinée, il m'avait inspirée. Je me sentais russe, je me sentais soviétique. J'aimais le kolkhoze et le sovkhoze. Je mélangeais tout, la lutte des classes, la dictature du prolétariat, la table rase, le renversement des valeurs, les foulards rouges, *L'Internationale*. Je n'étais pas certaine de ce qu'était un goulag. Je me soupçonne d'avoir trouvé le nom alléchant, peut-être m'évoquait-il un genre de soupe parfumée au paprika.

Et puis un jour, bien des années plus tard, Bouz m'a annoncé qu'il avait voté pour Jacques Chirac. « Le seul Président français a avoir reconnu la responsabilité de la France dans la déportation des juifs, m'a-t-il expliqué. – Tu t'es fait avoir, lui ai-je dit.

C'est juste pour récupérer des voix. – N'empêche »,
a-t-il rétorqué.

Je ne pouvais que constater avec quelle précision
cette flèche s'était plantée dans le cœur de mon
grand-père, son cœur de juif dont j'avais oublié
l'existence.

*

Parfois, triple B parlait roumain ; c'était une langue
qu'on les avait forcés à apprendre à l'école.

« Mais de quel pays tu viens ? » lui demandais-
je. Il me répondait avec patience et précision, mais
j'étais, et suis encore, incapable de reproduire ses
explications. Il y avait trop de données, trop de noms :
Russie, Moldavie, Roumanie, Bessarabie, Ukraine.

« Mais le yiddish, c'est où qu'on le parle ? – À la
maison », répondait-il.

De toutes ces contrées, celle dont l'appellation
me déroutait le plus était la Bessarabie. Je n'entendais que les trois dernières syllabes et je me demandais comment une enclave arabe avait pu se glisser
en Europe de l'Est. J'imaginais la population por-
tant sarouels et turbans. C'était l'endroit le plus
bizarre du monde, un territoire où les Russes parlaient arabe et célébraient le shabbat. Et c'était de
là que je venais ? Je ne questionnais pas davantage,
il me restait juste assez de lucidité pour savoir que,
dans mon cas, la géographie était une cause perdue.

En présence de ses petits-enfants, triple B parlait
français. Un français avec accent. « R » rocailleux,

« a » toujours chapeautés d'un circonflexe. Un français qui avait inventé l'hyperlatif.

Quand c'était mieux que bien, mon grand-père disait : « Tout ce qu'il y a de… » suivi, au choix, de : « distingué, joli », mais le plus souvent de « chouette ». « Tout ce qu'il y a de chouetttttte », faisait-il en martelant bien ses « t », les yeux pétillants, le sourire radieux. À l'inverse, quand l'objet dont il était question le laissait indifférent, il prononçait une formule qui, pour n'être pas du français, n'en était pas pour autant du russe : « Ni bé, ni mé, ni koukariékou », disait-il avec une moue lasse. Et son indifférence était aussi communicative que son enthousiasme.

Si quelque chose était bon, c'était « fameux », si, au contraire, c'était mauvais, il disait : « Pas fameux. » Quand il accueillait des enfants, il s'écriait : « Ah ! Les gangsters ! » Si c'était bon marché, c'était « des clopinettes », quand on demandait : « Qu'est-ce qu'on mange ? » il répondait : « Des clous. » S'il ne trouvait pas ce qu'il voulait, il disait « bernique ». Pour nous hypnotiser quand, tout petits, nous sautions sur son lit qui me semblait aussi haut que la maison sur pattes de poule de la Baba Yaga, il déclamait, les yeux écarquillés : « Silence, la queue du chat balance. »

Les mots avaient une saveur particulière dans sa bouche ; sa diction leur donnait une épaisseur, un poids qu'ils n'auraient pas possédés autrement. Mais le charme venait aussi de sa façon de raconter. Il avait toujours une anecdote en stock, quelque chose qui lui était arrivé, presque rien, une histoire de montre cassée ou de voiture en panne, qu'il parvenait à rendre aussi épique que le récit de ses évasions. Il n'était jamais pressé d'arriver au but ; il avait compris que l'enchantement ne doit pas jaillir de la chute, mais plutôt agir tout au long de la narration.

Pour désigner les personnages de ses fables, il disait soit « un gars » soit « un type » et, je ne sais pourquoi, l'indétermination, le flou que parvenaient à installer ces substantifs ajoutaient à l'impression de véracité. Il se contentait d'un unique détail pour les qualifier : « Un gars qu'avait pas une dent dans la bouche », « Un type tout maigrichon », « Un gars avec un pantalon trop court ». On voyait tout de suite le tableau, ce gars ou ce type se mettaient à exister plus fort que les personnes présentes dans la pièce.

Un jour, alors que j'étais déjà adulte, triple B m'a parlé de ses frères. J'ignore combien il en avait, trois, peut-être quatre. Si je ne réfléchis pas, je suis même capable de penser qu'il était le premier garçon après cinq sœurs. Je suis presque certaine qu'il était le benjamin. Un de ses frères s'appelait Joseph, un autre Réfoul. Bousia et Joseph, ça passe. Bousia et Réfoul, c'est déjà plus difficile. Je lui ai fait répéter : « Tu es sûr qu'il s'appelait comme ça, Réfoul ? C'était peut-être un surnom. – Pas du tout. Réfoul s'appelait Réfoul… »

Réfoul était très pauvre. « Si pauvre, me dit mon grand-père, qu'il n'avait pas de chaussures. Moi je mets n'importe quoi, comme godasses. Les moins chères de chez André. Mais pour mon frère, je voulais la qualité. Deux fois le prix des miennes. Quand je suis arrivé à Kichiniev (il était allé voir son frère en URSS), je les lui ai données, mais elles étaient trop petites. Un voisin les a rachetées pour un prix astronomique. Avec cet argent, je suis allé à la berioska de la ville et j'ai demandé la meilleure paire de chaussures du magasin. C'étaient des sandales, très chic, mais imagine-toi que Réfoul aimait pas la couleur, alors il les a fait teindre, sauf qu'il s'est mis à pleuvoir et toute la teinture a coulé. "Quel escroc ce cordonnier ! j'écrirai un article sur lui", qu'il a dit. Finalement, on est allés voir l'escroc en question. C'était un petit juif maigrichon dans une boutique de cinq mètres carrés. Réfoul commence à l'engueuler. "Te fâche pas, lui dit le type, c'est à cause du plan. On m'impose de faire vingt teintures par jour, et on me donne pas d'autre teinture que celle-là." À ce moment il se retourne pour chercher quelque chose et je vois que son pantalon est tout rapiécé sur le derrière. Il attrape une boîte sur une étagère et dit à Réfoul : "Pour les bons clients comme toi, j'utilise la peinture, ça tient mieux." Et voilà comment Réfoul a fini par trouver chaussure à son pied. »

Et puis il y avait Léon, son cousin. Léon qui était arrivé en France en 1923 pour faire la révolution. Avant cela il avait vécu à Ungeni, une petite ville entre la Moldavie et la Russie.

« Dès qu'il a passé la frontière, il a été arrêté et expulsé. "Où voulez-vous aller ?" lui demandent les policiers. "En Belgique", qu'il répond. En Belgique, il a crevé la faim tout en continuant de lutter pour le communisme. Là encore, il se fait arrêter et expulser par la police belge. Alors il revient en France comme clandestin.

Au moment de la guerre d'Espagne, il court s'engager dans les brigades internationales. Comme il est lettré, il devient commissaire de bataillon. Il s'est battu jusqu'à la défaite des républicains contre Franco.

De retour en France il se retrouve parqué au Barcarès avec tous les réfugiés. Les baraquements avaient un sol en planches disjointes qui reposait directement sur le sable. C'était bourré de puces là-dedans. Heureusement les bestioles n'aimaient pas Léon. Il reste là-dedans jusqu'en 39. La majorité des réfugiés s'engagent dans l'armée française. Léon devient soldat dans le 21e régiment de volontaires étrangers.

D'abord, c'est la drôle de guerre ; puis les Allemands attaquent la Hollande et la Belgique. L'armée française en déroute est repoussée vers Calais. Quelques avant-gardes allemandes sont descendues sur Paris. Le régiment étranger est là, si mal équipé qu'on l'appelle le "régiment ficelle", parce que les soldats n'ont pas de courroie pour porter leur fusil. C'est la débandade en baie de Somme. Léon est fait prisonnier, il passe la fin de la guerre dans un camp.

En 1945, de retour en France après la Libération, il décide qu'il veut rentrer en Bessarabie. Il demande la nationalité soviétique et la nationalité française en tant qu'ancien soldat. Les Soviétiques refusent de la lui accorder. Au consulat d'URSS, on lui explique qu'il doit rester en France pour y faire la révolution. "Mais je suis à bout de forces, leur dit-il. Et qu'est-ce que je fais si les Français m'expulsent ? – On s'arrangera avec eux." Léon reçoit la nationalité française. Il se dit alors : Si je la perds, les Soviétiques seront obligés de m'accueillir. Il demande à renoncer à la nationalité française. C'est pas donné de faire ça. Léon emprunte, il va à la préfecture et il paie. "Vous savez ce qui vous attend ?" lui demande le préposé en lui tendant sa feuille d'expulsion.

Léon va chez les Soviétiques qui lui disent : "On ne peut pas vous envoyer directement en Bessarabie. Il faut d'abord aller en RDA. Au bout d'un certain temps, vous pourrez peut-être retourner en Bessarabie." Léon fait ce qu'on lui dit. Il va en RDA, trouve un travail, trouve une femme allemande, communiste et très souillon. Il demande sans arrêt à retourner en Bessarabie. On lui rétorque que maintenant qu'il est marié avec une Allemande, il ne peut plus y retourner. "Allez donc au Kazakztan", lui conseille-t-on. Léon et sa femme émigrent dans cet affreux désert. Ils vivent sous une tente, jusqu'au jour où ses cousins (je suppose qu'il s'agit de Réfoul et d'un autre, peut-être Joseph ?), le font rentrer à Ungeni avec sa femme. Mais Ungeni est une petite bourgade très peu évoluée du point de vue des mentalités. La femme de Léon est mal acceptée. Elle se fait traiter de sale Boche. On leur fournit quand même un terrain sur lequel on leur permet de construire une maison. Une fille naît. Impossible de s'en sortir sans magouilles. Léon se fait envoyer des colis de France par sa sœur qui travaille dans un atelier à Paris. Il revend les produits très cher au marché noir et parvient à construire sa maison. Il élève un cochon. Il est heureux. Il a une maison, une femme, un enfant et un cochon. »

Les histoires racontées par triple B sont rapides et elliptiques. On saute d'une époque à l'autre comme à l'aide d'un projecteur de diapositives. À peine un cliquetis, un glissement, et nous voici au cœur d'un nouveau tableau. Il n'hésite pas, n'éprouve jamais le besoin de revenir en arrière à cause d'un détail oublié. Il dit son texte, comme s'il l'avait répété, comme s'il y avait un texte. Mais il n'y en a pas. C'est sa pensée qui se déroule.

Vers la fin de sa vie, alors qu'il commence à perdre la tête, il arrive qu'on l'interrompe au cours d'un récit pour lui demander une précision ou lui faire remarquer une incohérence. Il ne se démonte pas, fait comme si on n'avait rien dit et poursuit, implacable, avec la lenteur abrutie et redoutable d'un caïman.

*

Une chose qui me troublait beaucoup chez mon grand-père était la modernité de son intérieur. L'appartement qu'il partageait avec ma grand-mère possédait des perfectionnements dont mes parents, qui étaient pourtant plus jeunes, ne bénéficiaient pas. Je me rappelle, par exemple, l'arrivée du couteau électrique. Cela devait être en 1974. Je n'avais jamais rien vu de si impressionnant.

Par la suite, ma mère en a acquis un, mais elle ne l'a jamais aussi bien maîtrisé que triple B. Ma mère l'utilisait pour couper le rosbif et le gigot. Triple B s'en servait pour tout et en particulier pour le pain. Il me faisait admirer les tranches si fines qu'on aurait dit de la dentelle ; des tranches de pain transparentes, aériennes, parfaitement régulières et très désagréables à manger.

La fenêtre de sa cuisine était équipée d'un ventilateur, la nôtre aussi, mais le ventilateur de chez nous était tout petit, rarement allumé et crachotait plus qu'il ne vrombissait. Le sien était énorme, avait des allures de soucoupe volante et déployait une puissance qui m'évoquait celle d'un réacteur d'avion.

Dans son salon-salle à manger s'ouvrait un placard intégré qui avait tout de la caverne d'Ali Baba. Ce réduit était suffisamment spacieux pour permettre d'y tourner sur soi-même afin d'admirer les étagères tapissées du même papier peint que le reste de la pièce, ainsi que les objets qui les garnissaient : un coffret imitation croco abritant les vingt-quatre couverts de la ménagère en argent, le service à thé chinois en fine porcelaine ornée de fleurs bleues très foncées dont j'ai déjà parlé, la boîte à cure-dents lavables et multicolores, les verres en cristal, le sucrier taillé façon diamant, dont le couvercle en métal argenté comportait une pince à sucre actionnée par un ressort produisant un grincement délicieux, et bien d'autres trésors qu'il était possible, une fois qu'on avait refermé les portes sur soi, de contempler dans un calme de crypte, car ce fameux cagibi était équipé d'un néon intérieur.

Au chapitre des innovations technologiques, le plus renversant était l'ascenseur, immense, pourvu d'un miroir et de rampes en aluminium brossé sur les côtés. Il démarrait au huitième pour ne desservir que les étages pairs jusqu'à vingt. Si on voulait accéder aux étages inférieurs il fallait emprunter un autre ascenseur. Si on désirait se rendre à un étage impair, on changeait de cabine. Ce système avait eu pour avantage de me faire très tôt connaître la différence entre les chiffres pairs et les chiffres impairs. Moi qui étais assez mauvaise en calcul, je savais parfaitement compter de deux en deux. Quant au hasard qui voulait que l'ascenseur dévolu aux étages élevés commençât par le huitième, alors que c'était justement là que se situait l'appartement de mes grands-parents, il exerçait sur moi une fascination constante. C'était le signe de quelque chose. Mais de quoi ? Une forme d'élection bizarre. Je ne poussais pas l'investigation plus loin. Je me contentais de me féliciter de cette incroyable adéquation. Il suffisait d'appuyer sur le premier bouton et hop ! on grimpait en express au paradis sans avoir à souffrir les aléas d'un omnibus.

Je ne me souviens plus exactement de l'année durant laquelle mes grands-parents ont déménagé du minuscule appartement sans confort, mais plein de charme, qu'ils occupaient dans un vieil immeuble du sixième arrondissement, pour prendre possession de ce deux pièces – qui me semblait immense en comparaison – dans une tour, avec balcon et vide-ordures, située au cœur du treizième.

J'étais née à trois pâtés de maisons de là. Ce quartier aux rues cabossées, autrefois bordées de maisons basses et d'immeubles nains dont les murs étaient d'un beau noir charbonneux, commençait d'être défiguré par les démolitions massives et les constructions sauvages. C'était comme habiter dans une ville sans histoire, une ville qui aurait été rasée par la guerre. Chaque semaine, une nouvelle bâtisse tombait sous les coups de l'énorme pendule de métal balancé au bout d'une chaîne.

J'observais de ma fenêtre les travailleurs sur le chantier. J'aurais voulu être l'un d'eux. Je n'osais pas le dire, j'osais à peine le penser. Même à six ans, je savais qu'on ne peut envier le sort des ouvriers du bâtiment. Ce que j'appréciais dans leur condition tenait en trois arguments : ils n'allaient pas à l'école, passaient leur journée dehors et maniaient des engins puissants. Ils cassaient, ils fabriquaient, quoi de plus satisfaisant ?

Juste après la démolition, les vestiges d'immeubles évoquaient des brisures de meringue, des carrés de sucre. Les papiers peints déchirés, dévoilant le passé strate après strate, demeuraient sur certains pans de murs. Ces restes de décoration, à présent inutiles, me serraient le cœur. La toilette du mort, me disais-je, à quoi bon ? Le nez contre la vitre, je songeais aux heures passées à sélectionner ce motif fleuri, plutôt que celui à rayures, afin de recouvrir la toile de Jouy piquée de rouille, qui elle-même avait été appliquée sur un papier à peindre orné de roses en cage. Je passais beaucoup de temps, entre cinq et dix ans, à méditer sur le caractère éphémère des choses, nos existences transitoires, la vanité de nos passions.

Au milieu de mon champ de ruines, je me prenais pour ma mère qui, à mon âge, avait fui Paris sous les bombes et qui, à son retour, avait trouvé sa ville noire et triste. Je me changeais en fillette berlinoise, en enfant de Varsovie. Je me réincarnais. Je sentais retentir en moi l'écho d'une destruction passée plus meurtrière que celle qui, dans le cadre tranquille découpé par la fenêtre de ma chambre, se déroulait sur fond de joie insouciante des riches années 70.

À la suite de triple B, nombre de ses amis étaient devenus propriétaires dans la même tour. Peut-être était-ce bon marché, peut-être avaient-ils été, comme moi, sensibles à la rationalité, au luxe apparent de ses installations. Sur les boîtes aux lettres, on lisait de plus en plus de noms imprononçables, bourrés de consonnes qui se télescopaient. Les syllabes tronquées paraissaient avoir péri dans un carambolage.

En voisins, on se rendait visite, circulant au moyen du triple ascenseur, longeant, en savates, les couloirs sonores au sol de marbre recouvert de moquette. « Tiens, je t'ai apporté un reste de gefilte fish. » « Mes oumentashen ont cramé, il te reste pas des graines de pavot ? » À force, c'était comme un shtetl vertical, un ghetto debout se hissant vers les cieux, une Babel où l'on ne parlerait plus qu'une seule langue : le yiddish.

Je crois que certains des amis de triple B portaient des chiffres tatoués à l'intérieur du poignet. Personne ne m'avait dit ce qu'ils signifiaient. On n'en parlait pas. Ce n'était pas un tabou, c'était une évidence. On n'imaginait pas que quiconque pût l'ignorer, même un enfant. De mon côté, je n'osais pas demander. Je sentais que c'était quelque chose de connu et, comme toujours, je me méfiais de ma distraction. Si ça se trouve, on me l'avait expliqué mille fois. Mieux valait faire comme si de rien n'était.

J'essaie de me rappeler la première fois que j'ai vu un numéro tatoué sur le poignet d'une personne en sachant de quoi il s'agissait. Il me semble que c'était dans un documentaire à la télé. J'ai pensé : On pouvait donc être déporté et ne pas mourir. Avant cela, je me disais : Si mon grand-père (le père de ma mère) est mort dans les camps, tout le monde est mort dans les camps. Tous ceux qui sont partis ont disparu. Sans cela, c'était trop injuste.

Mais après tout, peut-être que lui non plus n'était pas mort…

Il existe en France deux compagnies faisant le commerce d'air comprimé dont le sigle correspond au nom de jeune fille de ma mère. Je vois parfois leurs camions rouler dans Paris. En lisant l'acronyme imprimé en cinq lettres géantes sur le flanc du véhicule, je déchiffre le nom de mon grand-père disparu.

Enfant, lorsque je voyais passer un de ces camions, je me racontais que le père de ma mère était revenu d'Auschwitz amnésique. Il n'avait donc pas eu les moyens de retrouver sa famille. Mais comme il était très intelligent, il avait réussi à fonder une entreprise suffisamment prospère pour posséder une flottille de semi-remorques. J'étais fière de lui, et fière de moi, car j'avais percé ce mystère et gardé le secret, deux exploits non négligeables pour une fillette de huit ans. J'étais heureuse de pouvoir me fabriquer, à partir de là, une petite relation avec lui. Je sentais que c'était un privilège de l'avoir connu. Privilège qui, sans cela, m'aurait été à jamais étranger. Grâce à l'air comprimé je faisais partie du clan. Je pouvais ainsi me joindre au deuil merveilleux, au deuil anoblissant (le fait qu'il fût peut-être vivant ne gênait en rien ce processus). J'aurais aimé le pleurer, mais c'était trop ennuyeux. À la place, je regardais les photos. Je m'abîmais dans la contemplation du visage de ce jeune homme de vingt ans qui avait chaviré tant de cœurs et, tournant les pages de l'album, je finissais par tomber sur la bouille humble, quelconque et tendre de mon papi, triple B, à quarante ou cinquante ans, un bon *loser* au crâne déjà dégarni. J'arrêtais de penser à Aïm (le disparu) et me contentais de Bouz (le remplaçant), car lui, au moins, m'appartenait pour de bon.

J'entendais souvent dire que le plus dur, pour ma mère, avait été de ne pas savoir. On m'expliquait qu'à la fin de la guerre, elle avait attendu le retour de son papa car personne n'avait pu affirmer catégoriquement qu'il avait péri. Son nom ne figurait sur aucune liste. On savait qu'il était passé par Drancy et, de là, en camp, mais ensuite on perdait sa trace. « Le plus dur, c'est de ne pas savoir », me répétait-on et je refusais de comprendre. Au moins, comme ça, elle a un espoir, pensais-je. C'est mieux que rien. Elle peut y rêver. « Non, martelait-on. C'est le contraire. L'espoir est un poison. Ça empêche de passer à autre chose. Le travail du deuil ne peut pas se faire. »

C'était une époque très psychanalytique, on s'adressait volontiers aux enfants en utilisant ce genre d'expressions. Je connaissais aussi bien les aventures d'Œdipe que celles de Cendrillon. Cela ne m'aidait cependant pas à accepter que ma mère pût souffrir du fait que la mort de son père ne fût pas certaine. Je me disais que si on m'avait donné le choix entre « ton père est mort » et « ton père est peut-être mort », j'aurais choisi sans hésiter la seconde proposition.

Il y a trois ans, je me suis rendue au mémorial de la Shoah, rue Geoffroy-l'Asnier. Dans la cour se dressent plusieurs séries de colonnes, rectangulaires, larges et hautes. Sur la pierre sont gravés les noms des déportés assassinés par les nazis, classés par année et par ordre alphabétique. J'ai lu les colonnes correspondant à 1942, à la recherche du nom du père de ma mère, qui commence par un S. Je l'ai trouvé très facilement et je me suis dit : « Voilà, il est sur la liste à présent. » Ma mère était-elle au courant ? À une époque, elle avait consulté des registres, en vain, aux États-Unis, en Israël. Je ne comprenais pas bien à quoi rimait sa démarche. Un nom écrit, qu'est-ce que ça prouve ? Il y a tant d'erreurs possibles. Elle semblait espérer un apaisement. « Si je vois son nom sur une liste, je saurai qu'il est mort et je pourrai enfin commencer à vivre. » Tel était le monologue intérieur que j'écrivais pour elle à l'adolescence. Je trouvais ça chic, mais je n'y croyais pas. La défiance que j'avais énergiquement développée à l'égard de l'écrit me rendait très sceptique quant à la catharsis attendue. N'importe qui peut ajouter un nom sur une liste. Je me demande même si ce n'est pas ma mère qui a fini par obtenir que l'on inscrive le nom de son géniteur sur la colonne. On n'est jamais mieux servi que par soi-même. « Voilà, papa, maintenant, ça y est, tu es mort. J'écris ton nom sur la pierre tombale collective. » Et après, qu'est-ce que ça change ? Je n'en sais rien. Ce n'est pas mon histoire.

Dans mon histoire, le grand-père n'est pas mort. Comme dans *Le Petit Chaperon rouge*, comme dans *Pierre et le Loup*. Un grand-père m'est ressorti vivant du ventre de la bête.

Dans mon bureau, il y a beaucoup de cartes postales, beaucoup de photos. Au dos de mon pupitre de traduction, j'ai collé un portrait de triple B. Il doit avoir entre quatre-vingt-cinq et quatre-vingt-dix ans. Ses rares cheveux sont bien taillés sur les côtés, il porte une barbe blanche mi-longue, une barbe de sage, et regarde l'objectif avec candeur et placidité. Cette image ne laisse personne indifférent. Les gens demandent : « Qui est-ce, là, sur la photo ? – C'est mon grand-père », fais-je avec fierté. Je ne précise pas qu'il ne s'agit pas de l'original. Il fait tellement vrai. « Il est très classe », me dit-on. Et j'acquiesce, modestement.

*

Après la mort de ma grand-mère, triple B a changé de style. Il a gagné en standing. J'ignore ce qui s'est passé. Cette évolution était-elle le fruit d'une décision consciente ? Il s'est mis à porter des costumes, à dépenser d'importantes sommes d'argent, et à revendiquer avec panache ses origines slaves. Il ressemblait aux fameux Russes blancs qui me fascinaient et m'effrayaient quand j'étais enfant.

Quatre après-midi par semaine, il se rendait au club, qu'il prononçait « clobb », pour retrouver ses partenaires de bridge. Des gens très bien, nous disait-il. Des altesses, le gratin. Toutes les femmes étaient amoureuses de lui, ce qui créa, à plusieurs reprises, des conflits apparemment inextricables. Ces nouvelles fréquentations n'avaient rien de commun avec les vieillards yiddishophones qui arpentaient les couloirs de la tour en savates (fait étrange, ces derniers étaient morts les uns après les autres, à peu d'années de distance, comme emportés par une vague unique). Les bridgeurs étaient goy. Ils étaient français, avaient eu des châteaux par-ci, des domaines par-là. Pour eux, triple B était Boris, un descendant de la troisième cousine par alliance du tsarévitch, ou presque. « Je ne leur dis pas d'où je viens, me confiait-il. À quoi ça servirait. On n'est pas intimes. C'est très bien comme ça. Ils croient ce qu'ils ont envie de croire. » Ensemble ils organisaient parfois des sorties en ville, le soir. Je les imagine, foulard en soie, souliers fins, fourrure et alpaga. Il m'est arrivé de penser que chacun d'eux jouait un rôle. De même que Bouz, le juif moldave et communiste, devenait, pour leur plaire, Boris, l'aristocrate nostalgique de la grande Russie, ses camarades endossaient pour l'occasion une personnalité qui n'était pas la leur. La baronne tourangelle était une ancienne employée des postes originaire du Perche, le vicomte alsacien était fils d'immigrés italiens, le propriétaire de haras normands avait tenu la boucherie chevaline au marché des Batignolles. Chacun débarquait, armé de sa vie nouvelle, sans épouse pour dénigrer, sans mari pour démentir. À plus de soixante-dix ans, ils avaient enfin la possibilité de se réinventer.

Pour Bouz, tout a commencé avec la barbe. Il l'avait, au départ, laissé pousser comme l'exige la tradition juive en période de deuil. Et puis il l'avait gardée. Plus courte, elle aurait fait négligé, plus longue, elle lui aurait donné des airs de rabbin. Taillée comme elle l'était, elle le déguisait en poète du dix-neuvième qu'une machine à voyager dans le temps détraquée aurait déposé par erreur à la fin du vingtième. Il avait considérablement gagné en assurance et nous en donnait la preuve chaque année au mois de janvier, à l'occasion d'un dîner de gala auquel il conviait toute la famille afin de célébrer la mémoire de Tsila, ma grand-mère.

La soirée se déroulait dans un restaurant russe, Dominique, rue Bréa, ou Douchka, rue du Pont-aux-Choux. On dégustait du caviar arrosé de vodka, du filet de bœuf en croûte, du koulibiak de saumon, des pirojki, de délicieux desserts aux fruits noirs et à la crème fouettée. Les nappes étaient en coton blanc damassé, chaque femme recevait une rose rouge en arrivant. On écoutait un violon, parfois accompagné d'une chanteuse. Triple B faisait un discours bref – je crois qu'il m'a demandé de lui en écrire un, car, disait-il, c'est ton métier.

J'ai adoré chacune de ces soirées. J'ignore combien il y en a eu. Trois, peut-être quatre. Elles ont cessé parce que Bouz était trop fatigué, parce que l'argent manquait, parce que c'était trop beau.

Nous avons toujours eu, dans ma famille, une relation tourmentée au luxe. Quoi qu'on en dise, quels que soient les efforts que nous fassions, le luxe demeure du côté de l'interdit, sans toutefois procurer le plaisir qu'occasionne la transgression. Nous n'y avons pas accès car moralement nous le réprouvons, mais ce n'est que surface. Nous nous le refusons, parce que nous avons honte, parce que chacun de nous, sans forcément se l'avouer, a le sentiment de sentir la fange, le métèque. Une maladresse nous habite. Nos manières nous trahissent, impeccables et forcées. Je me suis toujours expliqué cette particularité en me racontant que mes parents avaient été trop pauvres, trop déracinés. J'avais le sentiment que malgré nos yeux clairs, nos bulletins scolaires sublimes, notre élocution parfaite, quelque chose, un détail, presque rien, finissait systématiquement par nous trahir. Nous n'étions pas, et ne serions jamais, « de la haute ». Mon père avait une expression pour décrire les gens que j'enviais, ceux qui étaient à leur aise dans les palaces et les grands restaurants : « Ils ont eu des parents avant eux », faisait-il, et je voyais exactement ce qu'il voulait dire. Ces gens avaient hérité, ils se disputaient des maisons de famille, allaient au coffre retirer un bijou en vue d'une expertise. Nous n'étions pas comme eux. Nous flottions, ridicules, trop familiers ou trop distants, modestes à l'excès ou arrogants sans le savoir, ignorants des codes.

J'en appréciais d'autant plus le spectacle de mon grand-père conversant en conspirateur avec le patron du restaurant. On voyait que triple B était un habitué, qu'il savait y faire. On se doutait qu'il était venu plusieurs fois repérer les lieux, décider du menu en s'offrant une vodka, se réjouissant de pouvoir parler russe avec certains membres du personnel. Dans ces moments, il avait « la classe » et je me demandais d'où elle lui était venue. Comme s'il avait choisi, du jour au lendemain, de devenir un patriarche et s'en était donné les moyens.

Lui qui n'avait jamais eu de descendance, invitait ses petits-enfants et leurs enfants, leurs parents, leurs cousins, leurs oncles et leurs tantes à dîner. Le petit comité alternait avec la grande pompe. Parfois nous étions douze, mais nous pouvions aussi être trente. Quelle que soit la formule, triple B se montrait merveilleusement dispendieux et, je ne sais trop pourquoi, cela me consolait.

J'aimais aussi penser que, toute sa vie, cet homme qui avait été regardé de haut, oublié, négligé, cet homme sans qualités, remarquable en rien, apte à pas grand-chose sinon à survivre, s'était préparé, en secret, pour un dernier acte dont personne n'aurait pu soupçonner le faste. Une dimension nouvelle était éclose à l'instant du final, un final flamboyant, un final de flambeur.

À la même époque, il avait distribué d'importantes sommes d'argent, à sa femme de ménage, à des enfants, à son concierge. Ces personnes ne lui avaient rien demandé et ne lui seraient peut-être pas reconnaissantes. Son geste était, si l'on peut dire, gratuit. Il se vantait d'avoir été malin dans ses investissements. Était-ce l'emprunt russe ? Je ne me rappelle plus. Il avait misé quelques sous dans les années 60 ou 70, et les « clopinettes » s'étaient changées en millions.

Le problème avec les millions quand ils sont en anciens francs et que la monnaie passe à l'euro, c'est qu'ils ne valent plus tant que ça. Les fourmis l'avaient prévenu : à force de faire la cigale, il s'est retrouvé sans rien. Sa santé s'est dégradée, son compte en banque était à découvert, il a troqué le costume pour le pyjama et s'est mis au lit. Il dormait beaucoup, souffrait de fatigue et répétait néanmoins qu'il se sentait de mieux en mieux, qu'il s'en était sorti.

Il me disait aussi, sans jamais perdre le moral, qu'il était vieux, très vieux, qu'il en avait assez. Il ne désirait pas mourir, pas particulièrement, mais il ne se révolterait pas si cela devait arriver. Ce qu'il craignait, c'était de voir mourir les autres, les plus jeunes que lui. Il redoutait l'obscénité de sa longue présence sur terre. « Tout ce que je demande, me confiait-il, c'est que les jeunes ne meurent pas. » En sortant de chez lui, je faisais bien attention de traverser dans les passages cloutés, je me tenais à la rampe dans le métro, je prenais soin de moi.

Il pensait ce qu'il disait. Il avait vu mourir sa femme et tous ses amis. Il était le dernier des Mohicans, seul rescapé dans sa tour de vingt étages. Il pensait à eux, à sa bande de potes, les snobs et les sympas, les poètes et les artisans, tous ceux qu'enfant je croisais à l'heure du goûter. Ils m'embrassaient en inspirant fort par les narines pour inhaler le parfum de santé que dégage le crâne des petits, puis se laissaient tomber sur le canapé en soupirant Oï veï, calaient un demi-sucre entre leurs dents et l'inondaient de thé brûlant.

*

Cela fait plusieurs jours que je transporte avec moi le supplément livres du quotidien *Le Monde*. Les feuillets sont pliés en huit et passent de mon bureau à mon sac d'ordinateur, de mon sac à main au panier à commissions. De temps en temps, je les déplie et je lis en haut de la page 3 le mot *Littératures*. Juste au-dessous, une illustration sous forme de carte postale ancienne représente la grand-place d'une ville à l'architecture austro-hongroise : des kiosques, des parasols, un parvis qui grouille de monde. À gauche est écrit Czernovitz et, un peu plus bas, le titre de l'article en lettres plus épaisses : *Chants d'un monde massacré*.

Triple B est originaire de Czernovitz, ou de ses environs, je ne sais plus trop. J'ai l'impression qu'en lisant cet article sur les poètes d'avant-guerre en Bucovine, je vais apprendre quelque chose sur lui. Je me fais penser à ma mère à l'époque où elle compulsait les registres d'un mémorial ou d'un autre à la recherche du nom de son père. Je suis naïve, impatiente, inefficace, inquiète, comme elle l'était. Cet article me suit partout, mais je ne le lis pas. Je ne trouve pas le temps de le lire, j'ai peur d'être déçue ou, au contraire, d'être fixée. Comme ma mère.

Je commence à comprendre comment le savoir est devenu mon ennemi. Si mon cerveau s'est développé de manière à ne conserver que peu d'informations, s'il s'est déployé selon des voies imaginaires, c'est par mesure de protection, dans un réflexe défensif. L'ignorance garde les morts en vie. Tant qu'on ne sait pas que quelqu'un est mort, il est encore vivant. C'est à se demander pourquoi on le dit. Ne rien savoir, c'est ne rien perdre.

Je parcours les trois premières lignes d'un œil agacé. Je cherche des dates, des noms ; je pense que triple B avait déjà quitté sa ville natale en 1933. Mais est-il vraiment né à Czernovitz ? Ne m'a-t-il pas parlé de Beltsi ? Et qu'en est-il de Kichiniev ? Je mélange tout.

J'observe les minuscules personnages photographiés sur la carte postale reproduite dans le journal. Ils portent des chapeaux, c'est à peu près tout ce qu'on distingue. Une atmosphère de gaieté se dégage du cliché, à cause de l'absence de voitures et de la densité humaine. On imagine une certaine douceur de vivre, les passants se saluant, une qualité particulière de courtoisie.

Je contemple cette photo et je me dis : ils ne savent pas ce qui les attend.

J'ignore pourquoi triple B a quitté son pays. Pour étudier, construire le communisme en Europe de l'Ouest, rejoindre des amis, suivre sa femme, gagner plus d'argent ? Je m'en veux de ne pas savoir quand et comment il a voyagé. Je voudrais que cet article me le raconte. Je voudrais qu'il existe un livre sur mon grand-père dans lequel tous les renseignements seraient consignés. Je pourrais lire ce livre, j'adorerais le lire, mais c'est idiot car c'est moi qui dois l'écrire.

N'importe qui à ma place procéderait rationnellement en menant une enquête. Il suffirait d'interroger ma mère, mais je m'y refuse. Je préfère inventer.

Ce qui me vient à l'esprit si j'essaie de me concentrer sur l'émigration de triple B, c'est l'amitié et la fraternité. Je le vois suivant les traces de son frère aîné, je le vois marchant gaiement aux côtés de ses amis. Ils portent des pulls à col en V, de gros godillots, ils ont les cheveux en bataille, et passent leur temps à chercher de bons endroits pour faire de la barque. C'est un genre de bohème. Ils sont très communistes et presque plus du tout juifs. Ils sont russes, mais ils vont devenir plus parigots que la plupart des habitants de la capitale. Leur maîtrise de l'argot est stupéfiante. Ils conservent, malgré tout, leur accent.

Ça s'arrête là.

Je remonte légèrement en amont, du temps de l'adolescence de Bouz. Les rives du Dniestr se déroulent, opulentes, belles comme une femme. Boris est au bord de l'eau, il hume le parfum neutre du fleuve. L'odeur de l'eau douce qu'il n'identifie pas, qu'il confond avec l'odeur d'une aisselle d'enfant, lui serre le cœur. Il est très heureux ou très triste. Comment savoir ? Il l'ignore lui-même. C'est la jeunesse qui travaille, des rêves plus puissants que la réalité, des visions, des fantômes de caresses, un sentiment de bonté universelle. Que faire de soi ? Il faudrait courir très vite, s'épuiser à la nage, vaincre l'appétit de vivre, le tuer, car il est si fort qu'il vous ronge. Je ne sais pas ce qu'il fabrique, ce qu'il voit sur les rives du Dniestr. Je sais seulement que presque quatre-vingts ans plus tard, il y songe encore, en parle, et, devant une photo somptueuse représentant ces lieux de son enfance, déclare que ça a complètement changé, que c'était infiniment plus beau avant.

Plus il vieillit, plus sa mémoire accomplit des bonds immenses. Il évoque des morts comme s'ils étaient vivants. Il me parle de sa voisine qu'il rencontre en bas de son immeuble ; elle fait le tour du jardinet et se plaint des assauts nocturnes de son mari qui veut sans arrêt faire l'amour avec elle, ce qui la fatigue beaucoup. Il me dit qu'il faut la comprendre. J'admire son sourire de compassion. J'imagine qu'il trouve les mots pour la consoler. Je sais que la femme dont il parle a disparu depuis plus de dix ans, je sais aussi qu'il n'est pas sorti de chez lui depuis des mois, mais je hoche la tête et je dis : « Ça doit pas être facile. » J'ignore si je fais semblant de le croire. La vérité n'est pas le problème. Je pense qu'il est inutile de lui rappeler que la personne dont il parle est morte, inutile de lui dire qu'il est en pyjama dans son lit depuis longtemps et pour le restant de ses jours. Je veux que nous parlions, peu m'importe de quoi. Je n'arrive pas à me dire qu'il perd la tête. Pourtant c'est le cas. Ce qui m'empêche de le penser, c'est qu'il raconte toujours aussi bien et que, pour moi, c'est cela, avant tout, qui compte.

*

Il est temps d'en venir au patronyme. J'ai l'impression que c'est l'ultime piste. Ces derniers jours, alors que je cherchais des anecdotes, des détails concernant la vie de mon grand-père, je n'ai cessé de me heurter à son nom de famille.

JAMPOLSKI.

Quand j'étais enfant, j'entendais Jean-Paul skie. Quelle rigolade. J'adorais ce nom, peut-être parce que j'adorais le ski (ou était-ce l'inverse ?). Mon grand-père précisait parfois : « Jampolski, chez les Roumains, ça donnait Jampolsho. » Il s'appelait donc aussi Jampolsho, assemblage de sons plus opaque et que je ne pensais pas à découper en Jean-Paul chaud.

Je n'étais, quoi qu'il en soit, pas loin de la vérité étymologique : Jean-Paul ne skiait pas, certes, mais il convenait néanmoins de séparer les deux premières syllabes de la troisième pour comprendre le sens de ce patronyme si amusant. Je le découvris, adulte, en lisant les livres d'Isaac Bashevis Singer.

Dans plusieurs de ses œuvres, la ville polonaise de Jampol est mentionnée. J'éprouvai, en les lisant, une illumination. De la même manière que le nom du père de ma mère s'affichait sur des camions, celui de son remplaçant surgissait d'entre les pages d'un livre. Il est vrai que, dans le cas de Bouz, les trois dernières lettres manquaient ; la signification, cependant, apparaissait clairement : « ski » étant le suffixe d'adjectivation propre aux langues slaves, mon grand-père s'appelait Jampolski comme, sous d'autres longitudes, il se serait appelé Strasbourgeois, ou Rouennais.

Originaire de Jampol, il ne l'était pourtant pas, ou à plusieurs générations et à son corps défendant, car il a toujours détesté la Pologne.

Quand on lui servait de la vodka, il fallait prendre garde. « C'est pas de la polonaise, j'espère, disait-il, tandis que je versais le liquide jaunâtre dans son verre. – Non, non, mentais-je en masquant l'étiquette de la Zubrowka. – Les Polonais, pires que les Boches », expliquait-il.

Les Polonais, pour moi, c'étaient les juifs de Lodz et de Lublin, les habitants de la rue Krochmalna, des personnages de conte qui me fournissaient un passé d'emprunt.

Mes grands-parents maternels avaient beau être russes, mes grands-parents paternels libyens, je ne comprenais jamais mieux mes origines que lorsque je lisais *La Famille Moskat* ou *Le Certificat*. Si on me demandait d'où je venais, j'aurais voulu répondre « de là » en désignant la couverture d'un roman de Singer.

« Dans la littérature comme dans les rêves la mort n'existe pas », écrivait-il. Dans la littérature, dans les rêves et dans ma tête, ai-je envie d'ajouter. Ce ne sont peut-être pas la Pologne, ni le shtetl qui me sont si familiers dans la prose de l'écrivain yiddish, mais plutôt cette cohabitation tranquille entre les morts et les vivants. Qu'ils soient des revenants, des fantômes, des dibbuks, des apparitions, qu'ils hantent les consciences, les cuisines, les chambres à coucher, les cimetières, les collines ou les boules de cristal, les morts participent à l'histoire, dialoguent avec les vivants, se débattent avec une ardeur touchante pour remonter à la surface du réel, pour continuer d'intriguer, de contrôler, de faire des blagues.

Tout cela, je le comprends, je l'accepte. Rien ne m'étonne.

À l'inverse, je me rappelle avoir passé de pénibles heures de mon adolescence à lire Zola et Balzac en essayant de me persuader que leurs œuvres répondaient à une certaine définition du réalisme. J'étais censée, je le savais, y reconnaître le monde, un monde ancien, certes, mais régi par des conflits et des alliances sur lesquels le temps n'a pas de prise. Je me forçais à progresser de chapitre en chapitre, peinant à m'identifier, souffrant d'un genre de myopie. À mes yeux, les personnages, ainsi que les relations qu'ils entretenaient, demeuraient irrémédiablement flous. Un élément manquait, une pièce décisive. J'ignorais laquelle.

À la même époque, je voyais à la télé ou au cinéma des films de Truffaut, de Claude Sautet. Ils étaient pour moi d'un exotisme saisissant. Je restais extérieure aux intrigues et les observais avec la distance étonnée d'un Breton en Papouasie. J'enviais les personnages qui les peuplaient parce qu'ils me paraissaient libres et simples. Ils évoluaient dans un univers dépourvu de cet écho assourdissant qui envahissait le mien. Ils ne se déplaçaient pas avec, à leurs trousses, l'ombre de tous les morts dont l'âme n'a pas trouvé le repos. Ils étaient légers et insouciants, comme le sont proverbialement les enfants. Pour ma part, je ne me rappelle pas avoir connu pareille transparence dans le rapport au monde. Même toute petite, je traînais à ma suite un bataillon d'ectoplasmes dont j'avais l'impression qu'ils me souillaient plus qu'ils ne m'alourdissaient.

Ceux que dans ma tête j'appelais « les Français », qu'ils fussent mes camarades de classe ou les héros des histoires que je m'efforçais de lire, me semblaient propres. Moi, j'étais sale. Je ne me le formulais pas ainsi. Je me disais juste que je n'aimais pas lire, car la vie telle qu'elle était montrée dans les livres ressemblait trop peu à la mienne.

Dans les livres, on mettait le mort dans le cercueil et on allait discuter héritage chez le notaire. Chez nous, on mettait le mort (quand on disposait de son corps) dans le cercueil, mais on laissait le couvercle entrouvert, et comme il n'y avait rien à hériter, le notaire pouvait toujours attendre.

Triple B vit encore, il vit toujours, à environ quatre kilomètres de chez moi, à Paris, dans sa tour, dans son lit. Il a survécu à la guerre, aux camps de prisonniers, à la dépression, à la maladie, à ses deux femmes, à ses amis. Son talent, c'est ça, survivre, aimer ça, oser aimer vivre.

Jusque dans son parking il avait développé une stratégie pour limiter les risques. Quand il remontait seul du troisième sous-sol en pleine nuit – au retour d'un dîner, par exemple – il prenait soin de crier à chaque étage, afin que la cage d'escalier répercute ses paroles : « Alors, les gars, vous venez ? » Armé de cette formule magique, dont il était certain qu'elle dissuaderait les pires malfaiteurs, craignant de se retrouver confronté à « une bande », il procédait à l'ascension le cœur paisible. Mon héros ne s'illustre pas dans les hauts faits, il se contente d'être l'as de la débrouille.

*

Je crois au pouvoir des noms, au fait qu'ils sont porteurs de sens et que leur signification, évidente ou latente, finit par déteindre sur le caractère ou l'histoire de la personne.

Dans la petite rue qui s'ouvre face à l'immeuble de triple B se trouvait autrefois une charcuterie dont le propriétaire se nommait, comme on pouvait le lire en anglaises d'or sur la marquise écarlate, Jean Meurdesoif. Le jour où j'ai fait cette découverte, j'étais dans un état d'exaltation insensé ; il fallait que j'en parle à tout le monde. Mais tout le monde s'en fichait, les gens trouvaient ça normal. « Oui, ça arrive souvent », répondaient les adultes blasés.

Une perfection pareille, une adéquation si pure entre patronyme et fonction, entre baptême et destin, ça arrivait souvent ? Je m'étonnais de leur absence d'étonnement, tout en commençant à entrevoir qu'il existait un rapport de nécessité entre le nom et la chose, le nom et la personne. J'allais, moi aussi, devoir renoncer à la surprise. Jean Meurdesoif vendait de la charcuterie, M. Lavoix chantait, Mme Dorsal était ostéopathe.

Déjà, en deuxième classe de maternelle, ma maîtresse s'appelait Mme Bessis. Je pensais qu'on l'écrivait B-6 et je ne me lassais pas de cette coïncidence – mais en était-ce vraiment une ? Cette dame très belle et très gentille, dont le nom se composait d'une lettre et d'un chiffre, allait nous initier à la lecture et au calcul. On l'avait peut-être choisie exprès, ou alors elle avait changé de nom, comme Norma Jean Baker devenue Marylin Monroe. Je croyais moins à la seconde hypothèse. Mme Bessis était la meilleure maîtresse au monde parce qu'elle portait, dans son nom, et, à force, dans sa chair, deux symboles du savoir que nous étions censés acquérir.

Je ne savais trop comment m'expliquer, en revanche, le fait que la maîtresse de la classe supérieure se nommait Mme Verdier. Pour moi, Verdier, c'était comme vert, un nom de couleur, c'était donc une enseignante spécialisée en coloriage. Comment pouvait-on considérer le coloriage comme plus sophistiqué que les lettres et les chiffres ?

Heureusement pour moi, on décida que j'étais mûre pour la grande école et on me fit sauter cette étape inutile (je maîtrisais parfaitement les pastels).

En arrivant au CP, je découvris avec stupéfaction que mon institutrice se nommait Mme Asséo, que j'orthographiais mentalement A-C-O. Des lettres, uniquement des lettres ; plus de chiffres. Était-ce déjà la fin de l'arithmétique ? Avait-on décidé de m'orienter précocement en filière littéraire ?

J'appris très vite à lire. « Bobi trotte dans le jardin », fastoche. « Daniel enfile un chandail », plus coriace, surtout quand, à la maison, le vêtement que Daniel arbore sur l'illustration s'appelle un pull. Parallèlement, mes talents mathématiques se racornirent. J'attendis longtemps d'être secourue par une Mme Trente-cinq ou un M. Dodécaèdre. En vain.

Un ami m'a dit un jour que le mot « korczak », en polonais, signifiait « poussin ». Janusz Korczak, l'illustre pédagogue, avait, comme mes institutrices, un nom qui le prédestinait à s'occuper d'enfants. Je sais aujourd'hui que ce n'était qu'un pseudonyme adopté par le docteur Henryk Goldszmit ; j'ai également appris que « poussin » se dit en fait « kurcze » en polonais, mais qu'importe. Je pense à Korczak en regardant la photo de triple B affichée dans mon bureau. Ils se ressemblent. Même calvitie, même barbe, même regard tendre, sérieux et très légèrement perdu. Le regard du remplaçant.

*

Je me sens rarement à mon aise dans les musées ;
je m'y ennuie souvent. Je ne sais où regarder ni que
faire. J'ai gardé de mon enfance une mauvaise
humeur bougonne face à l'idée d'être captive de ce
genre de lieux. J'ai vite mal au dos, la nausée me
prend, il faut que je sorte. Mais un jour, au musée
des Combattants du ghetto de Varsovie, situé en
Galilée, j'ai éprouvé un sentiment contraire. J'étais
entrée dans une salle entièrement dédiée à la vie et
à l'œuvre de Janusz Korczak, qui dirigea plusieurs
orphelinats, dont celui du ghetto de Varsovie durant
la Seconde Guerre mondiale. Je me suis assise par
terre et j'ai pensé que je pourrais rester là des heures,
que c'était ma place. J'allais être informée de quelque
chose d'infiniment important pour moi. J'ai lu des
textes – car Korczak était aussi écrivain –, regardé
des photos, visionné un documentaire sur sa vie.
J'avais l'impression de le connaître, je me sentais
comme au jour de retrouvailles. Émue et fébrile,
j'étais prête à recevoir une révélation, mais cela
n'avait aucun sens. Korczak était mort en 1942, je ne
l'avais jamais connu, il n'était pas de ma famille.

À la fin de la visite, pour me consoler de ne rien
pouvoir saisir de cette histoire, et me pardonner
d'avance de ne rien en retenir, je me suis promis
d'écrire un livre sur lui.

Le problème, avec les livres, c'est qu'ils
n'obéissent pas à leur auteur. On choisit un héros et

voilà qu'un personnage secondaire brigue le premier plan, on construit une histoire mais une demi-page d'écriture s'empresse de la déconstruire. Ce que l'esprit forme – chez moi cela ressemble à des sphères parfaites, irisées, légères comme des bulles de savon – la main l'alourdit et le brise. La sagesse voudrait que je renonce à l'ambition de diriger, de planifier, mais je m'obstine.

Ce livre, celui que je suis en train d'écrire, était censé être un portrait du pédagogue polonais, mais dès les premières pages, le lapsus a œuvré. J'ai su très rapidement qui allait prendre la place de Korczak dans ce récit, se superposer au personnage d'origine, profiter d'une vague ressemblance et de coïncidences historiques pour s'immiscer dans le projet, le faire dévier, le détourner irrémédiablement. Les deux figures ont toujours été mêlées. Dans la salle du musée, c'était déjà à l'autre que je songeais. Triple B est apparu, et je n'ai pu faire autrement que raconter son histoire à lui, lui sur qui je ne possède aucune documentation, lui dont j'ai si peu d'images, lui que personne ne connaît et dont tout le monde se fiche. Je voulais écrire sur un homme exemplaire, et voilà que je m'attache à un exemplaire d'homme.

C'est ainsi que fonctionne la fiction, la fiction qui, chez moi, l'emporte toujours sur son inverse ou plutôt son opposé, dont je peine à trouver le nom. Réalité ? Vérité ? Je ne sais pas. Ce que je sais, c'est que cela me fait penser à une histoire de biscuit. Et s'il faut en passer par là pour comprendre comment un livre sur Janusz Korczak se transforme en un récit autour de Boris Jampolski, allons-y.

C'était il y a cinq ans. Un ami m'avait envoyé des États-Unis le magnifique ouvrage de Claudia Roden, *The Book of Jewish Food*, sur la cuisine juive dans le monde. Je m'étais assise à ma table et je le lisais, comme on lit des poèmes ou des contes, tournant les pages avidement, incrédule face aux richesses que me dévoilait chaque chapitre organisé autour d'une région. J'arrivais enfin à ce qu'elle nomme « Anglo-Jewery » et qui désigne en fait la cuisine russo-polonaise. Je passai rapidement la section des soupes et des nouilles pour me plonger dans la pâtisserie. Je lus le gâteau au fromage blanc, l'apfel strudel, et soudain, mes yeux s'emplirent de larmes car je me rendis compte que j'étais en train de déchiffrer la recette des biscuits de ma grand-mère Tsila, disparue une dizaine d'années plus tôt.

Les pletz (c'est ainsi qu'elle les nommait) étaient des petits sablés aux graines de pavots, dont la production hebdomadaire assurait la consommation quotidienne. Elle les conservait dans une boîte en fer-blanc carrée que j'adorais ouvrir, que j'adorais qu'elle ouvre. Les pletz étaient une nourriture parfaite : croquants, pas trop sucrés, parfois grillés sur les bords. Ils étaient irréguliers et souvent assez moches, parce que ma grand-mère n'avait rien d'une maniaque ; mais leur disgrâce ne faisait qu'ajouter à leur magie.

Je pleurais en lisant la recette à cause du souvenir du pletz émietté dans le thé de Mami, à cause des choses perdues et jamais retrouvées, à cause de l'enfance si lointaine.

Une semaine plus tard, je décidais d'en fabriquer une fournée. J'achetais les ingrédients nécessaires et entrais dans ma cuisine, armée du livre rédempteur. Je le feuilletai rapidement, impatiente de retrouver la page que j'avais dû corner. Mais non, je tombais systématiquement sur le lekeh, ou les oumentashen. Où était passée ma recette ? Je m'appliquai davantage, cherchai dans l'index, puis dans la table des matières. Ne trouvant toujours pas, je me résolus à lire les titres un par un afin de ne pas laisser passer celui que je cherchais. Je vérifiai les numéros des pages pour m'assurer de ne pas en avoir sauté une. En vain. La recette des pletz n'existait pas. Elle ne figurait pas dans le livre de Claudia Roden.

Régulièrement, je reprends ma recherche, j'ouvre au hasard, je feuillette ou, au contraire, je procède plus scientifiquement en m'appuyant sur la table des matières, la logique de l'ouvrage.

En cinq ans, la recette n'est jamais réapparue.

Il y a un an ou deux, alors que je participais à une émission de radio, j'ai raconté cette histoire et un couple d'auditeurs charmants a fait parvenir la recette des pletz à la production. On me l'a communiquée par téléphone. Je l'ai notée… et je l'ai perdue.

Certains objets sont voués à nous échapper, à nous manquer, d'autres les remplacent. On veut écrire un livre et c'est un autre qui vient. On croit inventer un héros et il a la tête de notre voisin de palier. J'écris toujours l'histoire d'à côté, jamais celle que j'avais prévue. Mon arme au canon recourbé atteint rarement sa cible et tire admirablement dans les coins. Dans quel but ? Je l'ignore, il semble que tout doive se faire à mon insu, comme pour préserver mon innocence, comme si je me méfiais de moi-même.

*

Triple B a fait office de grand-père pour des petits-enfants qui n'étaient pas les siens, Janusz Korczak a servi de substitut parental à des milliers d'orphelins. Ils furent tous deux des remplaçants. Je ne parviens toujours pas à cerner ce qui me touche dans ce statut. Le dévouement, la gratuité.

Les enfants qu'on a nous garantissent une part d'éternité, ceux dont on ne fait que s'occuper ne nous apportent que des soucis.

Les enfants sont forcément ingrats. C'est important qu'ils le soient. C'est naturel et souhaitable. On s'en console, sans s'en rendre compte, en songeant qu'à travers eux nous subsistons. Mais quand on ne les a pas mis au monde, qu'on est soi-même un père ou une mère sans enfants et qu'on choisit néanmoins de les côtoyer, que se passe-t-il ?

On les regarde, délivré de l'obsession de se reconnaître ou pas en eux ; on les observe et on apprend.

Petit, Janusz Korczak s'intéressait déjà aux enfants, si étrange que cela paraisse. Sa mère se plaignait du fait que son garçon n'avait aucune ambition. « Tout lui est égal, disait-elle. Il peut manger n'importe quoi, s'habiller n'importe comment, jouer avec n'importe qui. Il ne fait aucune différence entre un enfant de son milieu et le fils du concierge et n'a pas honte de s'amuser avec les petits. »

Des années plus tard, alors qu'il dirige « La maison de l'orphelin », Janusz Korczak passe de longues nuits de veille. Sur son chevet, de l'alcool et du pain bis. Il écoute les enfants dormir, s'émerveille de la complexité de leur sommeil, envisage d'écrire un traité sur ce sujet.

Il parle aussi très joliment des disputes pour les places à table – selon lui, principal sujet de discorde entre les pensionnaires de son établissement. Il n'affiche pas le moindre mépris pour ce que la plupart des adultes considéreraient comme une lutte futile.

Afin de mettre de l'ordre dans ce genre d'affaire, comme dans d'autres, il constitue un tribunal. C'est l'institution dont il est le plus fier, car il sait combien les enfants sont attachés à la justice. Dans les premiers temps, toutefois, le dispositif fonctionne mal. Le tableau de plaintes reste vierge, les enfants semblent s'en désintéresser. Korczak ne renonce pas, il réfléchit et comprend qu'il est important que les adultes puissent être mis en accusation aussi bien que les enfants. Dès qu'il applique cette règle, le tribunal devient aussi populaire qu'il l'avait rêvé. Il se retrouve lui-même traduit en justice cinq fois en six mois.

Une autre de ses inventions, qui témoigne de son talent d'observateur, est « La vitrine aux objets trouvés ». S'y côtoient des bouts de ficelle, une capsule, des chiffons, une image, un caillou. La valeur marchande est inversement proportionnelle à la valeur sentimentale. Ces enfants qui n'ont rien s'attachent à un fétiche plus facilement encore que ceux qui ont tout. Korczak précise, en parlant de ce dispositif, que le contenu des poches des enfants est dégoûtant et remarque que, pour la plupart, ces objets, avant d'être perdus, ont été chapardés. Sans la moindre mièvrerie, il parvient à maintenir le cap entre attendrissement et idéalisation. Il n'est pas dupe d'un prétendu paradis de l'enfance. Il considère cette période de la vie comme la moins bien connue de toutes et pourtant la plus soumise aux commentaires. « Nous ne connaissons pas l'enfant, écrit-il. Il y a l'enfant préscolaire, puis c'est tout de suite la ségrégation policière partout où existe la scolarité obligatoire. Des périodes : celle de la dentition, celle des dents définitives, celle de la puberté enfin. Rien d'étonnant à ce que, dans l'état actuel de l'observation de l'enfant, nous ne connaissions de lui que ses dents et ses poils sous les bras. »

Un des articles de la Déclaration des droits des enfants qu'il rédige stipule que « L'enfant a le droit d'être lui-même ou elle-même. (Un enfant n'est pas un billet de loterie, destiné à gagner le gros lot) ». Il y a pourtant quelque chose du geste désespéré du joueur de loto entrant chez le buraliste, dans l'élan qui nous pousse à procréer. Cet enfant me délivrera de moi-même, il sauvera mon couple, rattrapera mes erreurs, pratiquera les sports pour lesquels je n'étais pas doué, sera persévérant en musique, attentif en classe. Cet enfant sera moi, en mieux.

Il est vrai qu'un certain sens du projet est nécessaire à l'éducation, mais il faut savoir s'arrêter à temps, ne pas subordonner l'amour à la satisfaction. « Il faut », dis-je. Je n'en sais rien en vérité.

Janusz Korczak n'a pas eu d'enfant. Je crois qu'il n'en a pas voulu parce qu'il avait vu son père, qu'il admirait beaucoup, sombrer dans la folie, et craignait d'infliger un spectacle semblable à sa descendance. Il pensait : Si mon père est devenu fou, je vais, moi aussi, devenir fou, parce qu'il l'aimait et souhaitait autant lui ressembler qu'il redoutait d'être comme lui.

J'ai lu quelque part qu'il se méfiait de la sexualité pour les mêmes raisons, à cause de la démence paternelle. J'ai plus de peine à comprendre la corrélation dans ce cas. Je dois cependant reconnaître qu'il est très peu question de relations amoureuses dans les écrits de Korczak, qu'il s'agisse de ses romans ou de son journal.

En Stefania Wilczynska, qu'il appelle son « amour pédagogique », il trouve la compagne idéale : infirmière, intendante, nurse, jamais amante, jamais épouse. Avec elle, il peut construire l'utopie d'un monde en modèle réduit où les parents ne sont pas liés par le sexe, où les enfants ne sont pas liés par le sang, un genre d'abstraction de la cellule.

Les avantages sont innombrables. Des parents qui ne s'aiment pas ne se haïront jamais. Ils ne se disputent pas, ne font pas de leurs enfants les spectateurs privilégiés et captifs de leurs scènes de ménage.

J'ai inventé un adage selon lequel les amoureux se quittent, la plupart du temps, pour les mêmes motifs que ceux qui avaient présidé à leur union. Exemple : un homme aime une femme parce qu'elle est fantasque et désordonnée, il apprécie le sentiment de liberté qu'elle fait naître en lui, c'est une fête continuelle. De son côté, la femme s'est attachée à l'homme parce qu'il était calme et précis, ce qui la rassurait et lui donnait l'impression d'avancer droit, alors qu'avant leur rencontre elle progressait en zigzag. Quelques années plus tard, il ne peut plus tolérer « son bordel », elle ne peut plus supporter son côté rabat-joie. Ils se séparent.

J'ai souvent vérifié la constance de ce mouvement. Le couple finit, sous cet éclairage, par ressembler au plus sophistiqué des pièges. Le poison est contenu dans l'élixir. La seule union susceptible de durer serait donc celle qui ne naîtrait pas de l'attirance, mais de l'arrangement raisonnable. Janusz ne vit pas avec Stefania parce qu'il l'aime. Il cohabite avec elle parce qu'elle lui permet d'accueillir, dans les meilleures conditions, les enfants qu'il a choisi de secourir. Ils sont associés dans une affaire qui mime la famille sans en être une.

L'autre avantage, lorsque l'on a une centaine d'enfants, est que les questions de place dans la fratrie se posent de manière moins cruciale. Le fils préféré, la fille maudite, l'aîné brimé, le benjamin pourri, et vice versa, tous ces avatars se noient dans la multiplicité des situations, mais surtout s'étiolent naturellement grâce à l'absence d'enjeu pour les adultes. Il n'est pas question pour Janusz et Stefania de décocher la flèche transcendantale destinée à percer l'écran du temps, de jouer avec la notion d'éternité en supposant qu'un peu de leur personne, sous forme de code génétique, traversera les époques et défiera la mort. Il est question d'éduquer ceux qui, sans le secours de l'institution, risqueraient de mourir ou de mal tourner.

Éduquer, c'est-à-dire « wychowywac » en polonais, est un verbe très beau, explique Janusz Korczak, dans *Le Journal du ghetto* car il signifie « cacher, protéger, soustraire au malheur, mettre à l'abri », à la différence du terme équivalent en russe, « vospityvat », qui signifie nourrir, ou du français, « élever », qui veut dire « porter vers le haut », ou encore de l'italien, « educare », qui met l'accent sur la notion de formation.

Plus loin dans le même texte, Korczak revient sur le terme « éducateur », « zawod » en polonais, qui signifie à la fois « profession » et « déception », car la voie de l'éducation se confond souvent avec celle du dépit ; l'orgueil demeure étranger à l'affaire. Le bon éducateur, selon Korczak, n'est pas celui qui ne fait pas d'erreurs. « Il en fait simplement un peu moins que les autres et surtout il comprend tout de suite son erreur et ne la commet qu'une seule fois. Il accepte d'apprendre et de changer, au lieu de tenir la règle comme telle. »

C'est une forme de sagesse fondée sur l'empirisme. On invente, on met en pratique. Si ça fonctionne, on garde ; si ça ne fonctionne pas, on abandonne ou on modifie.

Parfois je me dis que rien ne devrait être plus simple. Nous avons tous commencé par être des enfants, c'est ce que nous devrions le mieux connaître. Ce qui se passe dans la tête d'un petit ne devrait jamais nous surprendre mais, au contraire, nous être familier, nous rappeler à nous-même ce que nous étions autrefois. Or c'est l'inverse. L'enfant nous déroute. Il se sent incompris et mal aimé, quand, de notre côté, nous nous sentons trahis et impuissants. Quelle est la substance de l'écran qui se dresse entre lui et nous ? Quel est le rôle du voile amnésique qui nous sépare ?

Janusz Korczak ne perd pas de temps à répondre à cette question. Il se borne à constater la pauvreté de nos moyens et à trouver des solutions pratiques aux problèmes que seule la métaphysique devrait pouvoir traiter. Lui aussi, à sa manière, est un as de la débrouille.

*

Quand je pense à la guerre – et cela, depuis que je suis toute petite – je me demande de quoi est fait le quotidien dans les temps de conflit. Je ne m'intéresse pas aux soldats. Les victoires, les défaites, ce qui se passe sur le front m'indiffère. Je pense à l'école, au pain, à la lessive, à l'argent du ménage. Je pense à l'arrière, aux civils ; bien que ce genre de distinctions – front / arrière, militaires / civils – tende à disparaître. Les guerres locales, claniques, ethniques, celles où les enfants portent des mitraillettes, celles où un cousin débarque pour vous couper la gorge se multiplient. Mais je pense toujours à la même, la Seconde Guerre mondiale, celle de quand j'étais petite, même si je suis née vingt et un ans après l'armistice. La Seconde Guerre mondiale qui me paraissait si loin et si proche, qui m'effrayait parce qu'elle était – comme l'indiquait son nom – généralisée.

Je pensais à la déportation, très souvent. J'avais les larmes aux yeux quand je songeais aux enfants séparés de leurs parents. Je m'infligeais de subtiles tortures à base d'identification : j'étais l'enfant qui monte dans le wagon plombé et voyage le nez écrasé contre le giron d'inconnus, sans air pour respirer, sans eau pour boire, serré, étouffé, piétiné ; j'étais celui que ses parents essaient de protéger avant de périr sous les balles. J'étais la petite fille à qui sa mère tente d'expliquer ce qui se passe. C'était ça le pire ; l'image de l'adulte désemparé qui a honte, qui bégaie et ne peut rien justifier, qui perd pour de bon à l'interminable jeu des « Pourquoi ? ».

« Pourquoi on nous emmène ? – Parce qu'on est juif. – Pourquoi on est juif ? »

Au tout début du *Journal du ghetto*, Korczak se remémore la découverte du « mystérieux problème de la confession ».

À l'époque où se déroule cette histoire, Janusz Korczak s'appelle encore Henryk Goldszmit ; il a cinq ans. Son canari gît inanimé près de lui, « le premier mort d'entre mes proches et bien-aimé ami », écrit-il dans son journal. Il décide de mettre une croix sur la tombe qu'il a creusée pour l'oiseau, mais la bonne l'en empêche, lui expliquant que ce n'est qu'une bête, un être bien inférieur à l'homme. « Le pleurer est déjà un péché », lui dit-elle. Le fils du concierge s'en mêle et ajoute qu'il n'est pas question de mettre une croix sur cette tombe parce que le canari était juif, « comme toi », précise-t-il.

« J'étais juif, écrit Korczak, et lui polonais et catholique. Lui, il serait un jour au paradis ; quant à moi, à condition de ne jamais prononcer de vilains mots et de lui apporter docilement du sucre volé à la maison, je pourrais entrer après ma mort dans quelque chose qui n'est pas à proprement parler l'enfer, mais où il fait quand même très noir. Et moi, j'avais peur du noir. »

En octobre 1940, Janusz Korczak, expulsé du bâtiment de la rue Krochmalna, déménage, accompagné des soixante-dix enfants de l'orphelinat, pour s'installer dans le ghetto constitué par les nazis à Varsovie. Il investit tout d'abord une ancienne école de commerce, mais change bientôt de lieu. Les locaux sont de plus en plus exigus, les enfants de plus en plus nombreux. Les carreaux manquent aux fenêtres, les guenilles pendent sur les membres osseux, la dysenterie, le typhus frappent, les enfants se vident plus qu'ils ne se remplissent, il arrive que leurs entrailles se répandent. Ils ne retiennent rien, n'en ont pas la force. Ils meurent. Pour ceux qui survivent, il faut chaque jour trouver à manger, inventer de la nourriture à partir de rien, ou presque. Avec les mêmes ingrédients, on fabrique des galettes, de la soupe, des bouillies, tout a le même goût fade ; on s'efforce de varier les formes et les consistances afin de tromper l'ennui.

Dans le journal qu'il tient quotidiennement, Korczak évoque avant tout, comme à son habitude, des questions pragmatiques. Il établit ce qu'il appelle « un plan de travail » qui s'articule ainsi :

« Primo, s'occuper du problème de chauffage. Pour faire mourir un enfant de faim, il faut tout de même une quinzaine de jours ; pour le geler, quelques heures suffisent. (…) Secundo, prendre soin du personnel… »

On le voit consulter le registre intitulé « mouvements d'enfants ». S'y trouvent consignés les noms, prénoms, dates de naissance, dates d'arrivée et de départ ou de décès des pensionnaires du « refuge public » qui accueille un millier d'enfants et dont il s'occupe également. L'espérance de vie varie de un jour à six mois. Korczak se refuse cependant à considérer cet endroit comme un mouroir. C'est avant tout un lieu de vie et, afin de maintenir cette illusion, le pédagogue sait qu'il convient de « sauvegarder les apparences ». Il note dans son journal :

« 1. L'apparence de propreté : à défaut de mieux que soient propres au moins l'escalier et les tabliers de ces enfants galeux, frigorifiés et malades.

2. L'apparence d'une cuisine préparée à base de lait.

3. L'apparence d'isolement des contagieux.

4. L'apparence de surveillance médicale.

5. L'apparence de soins éducatifs. »

Ces fameuses apparences permettent aux orphelins, comme au personnel chargé de s'occuper d'eux, de croire qu'ils ne sont pas condamnés à mourir ; en effet, s'ils l'étaient, pourquoi s'embêterait-on ainsi ?

Il ne s'agit ni d'un mensonge ni d'une duperie. Il n'y a rien de superficiel dans ces apparences. Nous aimons tous penser que nous ne mourrons jamais. Même en temps de paix, nous tentons, par mille réconforts, d'oublier l'issue fatale. Chaque jour nous rééditons l'exploit d'une imbécillité heureuse qui consiste à nous croire éternels. La pensée de notre fin est comme nimbée d'une brume, elle se soustrait à nos yeux, glisse, nous échappe ; et nous gagnons de l'argent, et nous faisons le ménage, et nous cultivons le corps et l'esprit, comme si le progrès constant pouvait nous sauver de la destruction.

Dans le ghetto, la mort est rapide, certaine, voyante. Parce qu'il n'y a pas de cimetière, les cadavres gisent à ciel ouvert plusieurs jours, plusieurs semaines, dans l'attente d'être embarqués sur des charrettes à destination d'un charnier. Il est plus difficile que jamais de détourner le regard, de faire comme si.

Janusz Korczak écrit de très belles pages sur un bébé mort enveloppé dans du papier. Le paquet est posé sur le trottoir, Korczak l'observe longuement et se demande pourquoi la mère a laissé dépasser les pieds du nourrisson. Il y avait vraisemblablement assez de feuilles pour emballer efficacement le petit corps. Korczak en conclut que cette imperfection est délibérée. La mère a choisi de laisser dépasser les pieds de son bébé, non seulement parce qu'il n'aura plus jamais froid, mais surtout, parce que cela permet aux passants de savoir que ce ballot n'est pas un déchet, un vulgaire tas d'ordures que l'on peut piétiner ou fouiller à la recherche d'un croûton oublié. Ceci est un humain, disent les minuscules orteils. Et Korczak voit dans cette ultime attention de la mère pour son enfant, un concentré de respect et de tendresse.

Il sait que ce qui compte dans les pires moments ne se réduit pas à ce que l'on considère communément comme le nécessaire. Quand il n'y a plus à boire ni à manger, quand on ne dort plus, que le jour se fond dans la nuit, il reste encore les histoires, les cérémonies, les spectacles, toutes choses que beaucoup ont tendance à considérer comme futiles et qui signent pourtant l'appartenance à l'humanité aussi clairement que les dix doigts de pied du bébé de papier.

Avant guerre, à l'époque où Janusz Korczak n'en finissait pas de perfectionner l'institution idéale pour accueillir les orphelins, il avait encouragé le parlement de l'internat, constitué de vingt députés élus parmi les enfants, à inscrire au calendrier des fêtes et des journées commémoratives : « Le 22 décembre (on ne se lève pas), le 22 juin (on ne se couche pas), la journée de la première neige, la journée de la saleté (on ne se lave pas), la journée des cuisines (on récompense l'intendante et ceux qui ont assuré les repas), etc. » Durant la guerre, il met un point d'honneur à perpétuer ces traditions et insiste pour que la moindre occasion de réjouissance soit saisie.

Il ne renonce pas au théâtre. La musique, les histoires demeurent.

Dans le récit qu'il nous livre de ses années dans le ghetto de Varsovie, le pianiste et compositeur Wladyslaw Szpilman raconte le départ de Korczak en déportation. C'est l'été 42, les Allemands vident l'étroit quartier où ils ont enfermé les juifs de la ville. Quatre à six mille personnes sont évacuées chaque jour à destination des camps de la mort. Le 6 août, c'est le tour de « la maison des orphelins ». On propose à Korczak de s'enfuir, mais il choisit de demeurer aux côtés de la centaine d'enfants qui lui restent et de la dizaine d'adultes qui s'en occupent. Il sait ce qui les attend, les enfants aussi le savent, à leur manière. Mais jusqu'au bout, ils chantent. Jusqu'à l'entrée des wagons plombés, on leur raconte des histoires ; à l'intérieur aussi, qui sait ?

On leur raconte des histoires, dis-je, et il est fâcheux qu'en français cette expression signifie parfois « mentir ». Il ne s'agit pas de faire croire aux orphelins qu'ils sont en route pour un pays merveilleux où les bonbons poussent sur les branches d'arbres. Ils ne seraient pas dupes et Korczak le sait mieux que quiconque. On raconte des histoires et on chante parce que, même parqués comme des bestiaux, et jusqu'au seuil de l'abattoir, on demeure des humains. C'est une forme de résistance inefficace et sublime, qui ne permet pas de sauver sa peau, mais aide, une fois de plus, à sauvegarder les apparences. Les nazis nous traitent de cancrelats, ils nous voient comme des monstres infestés de vermine, des sous-hommes, nous comparent aux fruits gâtés qu'il convient de détruire afin qu'ils ne contaminent pas les récoltes saines, et nous chantons, et nous disons des vers, nous récitons *La Divine Comédie*, des fables et des comptines. Cela ne sert à rien, on meurt quand même. L'art ne sert à rien, car on meurt toujours. Mais l'image reste. L'image d'un convoi d'enfants qui chantent en allant vers la mort et disent « en nous exterminant, c'est vous-mêmes que vous tuez ».

*

Le père de ma mère, quand il était encore au camp de Drancy, a réussi à lui envoyer un cadeau. Je ne sais par quelle entremise, par quelle poste, grâce à quelle complicité.

J'ai longtemps pensé que ce cadeau venait d'Auschwitz, mais en grandissant, j'ai compris que c'était impossible. Quoi qu'il en soit, c'était un présent de l'au-delà. Une assiette en étain, ou en aluminium – sans doute celle dans laquelle il mangeait –, au fond de laquelle il a gravé un dessin à l'aide d'une pointe. S'agit-il de Mickey la souris ou de Félix le chat ? Je ne sais plus. Je n'ai vu cet objet qu'une fois, il y a fort longtemps. Je crois qu'il est écrit, sous le personnage remarquablement dessiné, « À Joujou pour ses cinq ans », avec la date, 11 février 1942, en dessous. Après ça, mon grand-père a bu sa soupe dans un gobelet, dans ses mains, je ne sais pas. Il avait pensé à sa petite fille aux boucles blondes, aux yeux verts, aux joues rebondies, son ravissant bébé, et il s'était demandé comment lui faire plaisir, avec rien.

On ne peut pas regarder cette assiette. Elle a un pouvoir infini. On la sort de l'armoire et on pleure.

*

Il y a une semaine, Soljenitsyne est mort. J'ai lu son portrait dans plusieurs journaux, l'histoire de sa vie, l'histoire de ses livres. J'ai regardé les photos, particulièrement saugrenues. Sur l'une, il joue au tennis en sandalettes, sur l'autre, il reçoit la visite de Vladimir Poutine et lui tourne ostensiblement le dos. Il a une tête d'œuf, une barbe et ressemble parfois à un gibbon empaillé. J'aime sa façon, très sport, de porter la chemisette rentrée dans le pantalon durant sa période américaine. Soljenitsyne est mort et triple B est encore en vie.

Au moment où j'écris ces lignes, il est chez lui et somnole dans le jour qui tombe. Il a été nourri, lavé, habillé, puis déshabillé par les dames, très gentilles et très jolies, qui s'occupent de lui. Elles l'aiment beaucoup. Elles disent qu'il n'est pas embêtant. C'est vrai qu'il a bon caractère, même maintenant qu'il ne parle presque plus, on le sent.

La dernière fois que je l'ai vu – il y a de cela un mois environ –, il était à table. Je tenais à lui rendre visite avant de partir en vacances d'été pour lui présenter son dernier arrière-petit-fils, le plus jeune de mes enfants, âgé de cinq mois. Lorsque je suis entrée, il était assis de profil dans la cuisine. Il y avait du soleil. Il n'a pas réagi en entendant la porte s'ouvrir puis se refermer. Je me suis approchée avec le bébé endormi dans la poussette. J'ai posé une main sur l'épaule de mon grand-père en regardant le contenu de son assiette : escalope panée / purée. J'ai trouvé que ça avait l'air bon. Lui, il aurait dit « savoureux ».

– Bonjour, Papi, je t'ai amené mon bébé. Regarde.

Il a terminé de mâcher sa viande, a levé les yeux vers le mur, reposé sa fourchette d'une main tremblante puis, avec lenteur et comme une sorte d'indifférence, il a tourné la tête vers mon enfant. J'avais l'impression qu'il ne le voyait pas. Son regard semblait inhabité. Il était très ralenti par rapport à la dernière fois. J'étais heureuse de le voir assis, parce qu'il était la plupart du temps couché, mais je percevais la difficulté inhérente à chaque geste, la concentration nécessaire pour l'accomplir. Ma mère et la dame qui s'occupait de lui discutaient dans le couloir. Elles disaient qu'il mangeait bien, qu'il était toujours content. J'ai retiré la main de l'épaule de mon grand-père. J'ai regardé le bébé endormi, les joues aplaties par l'attraction terrestre, tout le corps abandonné à la gravité.

– Eh ben, a commenté triple B. Il est pas bavard.

Il a recommencé à manger avec une application remarquable. Je lui ai tendu la serviette qu'il réclamait en grognant. Il s'est essuyé la bouche. Une fois son assiette terminée, il a lancé un doux brame inarticulé sur l'air d'une phrase ordinaire. J'ai reconnu les tentatives de parole de mon bébé, ce mélange de sérieux et d'insouciance, de conviction et d'absence de peur du ridicule qui accompagnent ses instants de conférences en charabia. Triple B regardait droit devant lui, droit vers le mur et, dans le haut de sa tessiture, sur le même ton qu'il prenait autrefois pour raconter une plaisanterie, il disait : « Aaaah-ha-haaaa-ha-aaaah. »

DU MÊME AUTEUR

Quelques minutes de bonheur absolu
Éditions de l'Olivier, 1993
et « Points », n° P189

Un secret sans importance
prix du Livre Inter 1996
Éditions de l'Olivier, 1996
et « Points », n° P350

Cinq photos de ma femme
Éditions de l'Olivier, 1998
et « Points », n° P704

Les Bonnes Intentions
Éditions de l'Olivier, 2000
et « Points », n° P917

Le Principe de Frédelle
Éditions de l'Olivier, 2003
et « Points », n° P1180

Tête, archéologie du présent
(photographies de Gladys)
Filigranes, 2004

V.W. : le mélange des genres
(en collaboration avec Geneviève Brisac)
Éditions de l'Olivier, 2004
réédité sous le titre La Double Vie de Virginia Woolf
Points, n° P1987, 2008

Mangez-moi
Éditions de l'Olivier, 2006
et « Points », n° P1741

Dans la nuit brune
Éditions de l'Olivier, 2010

LIVRES POUR LA JEUNESSE

Abo, le minable homme des neiges
(illustrations de Claude Boujon)
L'École des Loisirs, 1992
Le Mariage de Simon
(illustrations de Louis Bachelot)
L'École des Loisirs, 1992

Le Roi Ferdinand
(illustrations de Marjolaine Caron)
L'École des Loisirs, 1992, 1993

Les Peurs de Conception
L'École des Loisirs, 1992, 1993

Je ne t'aime pas, Paulus
L'École des Loisirs, 1992

La Fête des pères
(illustrations de Benoît Jacques)
L'École des Loisirs, 1992, 1994

Dur de dur
L'École des Loisirs, 1993

Benjamin, héros solitaire
(illustrations de Véronique Deiss)
L'École des Loisirs, 1994

Tout ce qu'on ne dit pas
L'École des Loisirs, 1995

Poète maudit
L'École des Loisirs, 1995

La Femme du bouc-émissaire
(illustrations de Willi Glasauer)
L'École des Loisirs, 1995

L'Expédition
(illustrations de Willi Glasauer)
L'École des Loisirs, 1995

Les Pieds de Philomène
(illustrations d'Anaïs Vaugelade)
L'École des Loisirs, 1997

Je manque d'assurance
L'École des Loisirs, 1997

Les Grandes Questions
(illustrations de Véronique Deiss)
L'École des Loisirs, 1999

Les Trois Vœux de l'archiduchesse Van der Socissèche
L'École des Loisirs, 2000

Petit Prince Pouf
(illustrations de Claude Ponti)
L'École des Loisirs, 2002

Le Monde d'à côté
(illustrations d'Anaïs Vaugelade)
L'École des Loisirs, 2002

Comment j'ai changé ma vie
L'École des Loisirs, 2004

Igor le labrador
et autres histoires de chiens
L'École des Loisirs, 2004

À deux c'est mieux
(illustrations de Catharina Valckx)
L'École des Loisirs, 2004

C'est qui le plus beau ?
L'École des Loisirs, 2005

Les Frères chats
(illustrations d'Anaïs Vaugelade)
L'École des Loisirs, 2005

Je ne t'aime toujours pas, Paulus
L'École des Loisirs, 2005

Je veux être un cheval
(illustrations d'Anaïs Vaugelade)
L'École des Loisirs, 2006

Mission impossible
L'École des Loisirs, 2009

La Plus Belle Fille du monde
L'École des Loisirs, 2009

COMPOSITION : NORD COMPO MULTIMÉDIA
7 RUE DE FIVES - 59650 VILLENEUVE-D'ASCQ

Cet ouvrage a été imprimé en France par
CPI Bussière
à Saint-Amand-Montrond (Cher)
en juin 2010.
N° d'édition : 103063. - N° d'impression : 100967.
Dépôt légal : août 2010.

Collection Points

DERNIERS TITRES PARUS

P2029. L'Ombre de l'oiseau-lyre, *Andres Ibañez*
P2030. Les Arnaqueurs aussi, *Laurent Chalumeau*
P2031. Hello Goodbye, *Moshé Gaash*
P2032. Le Sable et l'Écume et autres poèmes, *Khalil Gibran*
P2033. La Rose et autres poèmes, *William Butler Yeats*
P2034. La Méridienne, *Denis Guedj*
P2035. Une vie avec Karol, *Stanislao Dziwisz*
P2036. Les Expressions de nos grands-mères, *Marianne Tillier*
P2037. Sky my husband ! The integrale / Ciel mon mari !
       L'intégrale, Dictionary of running english /
       Dictionnaire de l'anglais courant, *Jean-Loup Chiflet*
P2038. Dynamite Road, *Andrew Klavan*
P2039. Classe à part, *Joanne Harris*
P2040. La Dame de cœur, *Carmen Posadas*
P2041. Ultimatum (En retard pour la guerre), *Valérie Zénatti*
P2042. 5 octobre, 23 h 33, *Donald Harstad*
P2043. La Griffe du chien, *Don Wislow*
P2044. Les Nouvelles Enquêtes du juge Ti, vol. 6
       Mort d'un cuisinier chinois, *Frédéric Lenormand*
P2045. Divisadero, *Michael Ondaatje*
P2046. L'Arbre du dieu pendu, *Alejandro Jodorowsky*
P2047. Découpé en tranches, *Zep*
P2048. La Pension Eva, *Andrea Camilleri*
P2049. Le Cousin de Fragonard, *Patrick Roegiers*
P2050. Pimp, *Iceberg Slim*
P2051. Graine de violence, *Evan Hunter (alias Ed McBain)*
P2052. Les Rêves de mon père. Un héritage en noir et blanc
       Barack Obama
P2053. Le Centaure, *John Updike*
P2054. Jusque-là tout allait bien en Amérique.
       Chroniques de la vie américaine 2, *Jean-Paul Dubois*
P2055. Les juins ont tous la même peau. Rapport sur Boris Vian
       Chloé Delaume
P2056. De sang et d'ébène, *Donna Leon*
P2057. Passage du Désir, *Dominique Sylvain*
P2058. L'Absence de l'ogre, *Dominique Sylvain*
P2059. Le Labyrinthe grec, *Manuel Vázquez Montalbán*
P2060. Vents de carême, *Leonardo Padura*
P2061. Cela n'arrive jamais, *Anne Holt*
P2062. Un sur deux, *Steve Mosby*
P2063. Monstrueux, *Natsuo Kirino*

P2064. Reflets de sang, *Brigitte Aubert*
P2065. Commis d'office, *Hannelore Cayre*
P2066. American Gangster, *Max Allan Collins*
P2067. Le Cadavre dans la voiture rouge
Ólafur Haukur Símonarson
P2068. Profondeurs, *Henning Mankell*
P2069. Néfertiti dans un champ de canne à sucre
Philippe Jaenada
P2070. Les Brutes, *Philippe Jaenada*
P2071. Milagrosa, *Mercedes Deambrosis*
P2072. Lettre à Jimmy, *Alain Mabanckou*
P2073. Volupté singulière, *A.L. Kennedy*
P2074. Poèmes d'amour de l'Andalousie à la mer Rouge.
Poésie amoureuse hébraïque, *Anthologie*
P2075. Quand j'écris je t'aime
suivi de Le Prolifique et Le Dévoreur
W.H. Auden
P2076. Comment éviter l'amour et le mariage
Dan Greenburg, Suzanne O'Malley
P2077. Le Fouet, *Martine Rofinella*
P2078. Cons, *Juan Manuel Prada*
P2079. Légendes de Catherine M., *Jacques Henric*
P2080. Le Beau Sexe des hommes, *Florence Ehnuel*
P2081. G., *John Berger*
P2082. Sombre comme la tombe où repose mon ami
Malcolm Lowry
P2083. Le Pressentiment, *Emmanuel Bove*
P2084. L'Art du roman, *Virginia Woolf*
P2085. Le Clos Lothar, *Stéphane Héaume*
P2086. Mémoires de nègre, *Abdelkader Djemaï*
P2087. Le Passé, *Alan Pauls*
P2088. Bonsoir les choses d'ici-bas, *António Lobo Antunes*
P2089. Les Intermittences de la mort, *José Saramago*
P2090. Même le mal se fait bien, *Michel Folco*
P2091. Samba Triste, *Jean-Paul Delfino*
P2092. La Baie d'Alger, *Louis Gardel*
P2093. Retour au noir, *Patrick Raynal*
P2094. L'Escadron Guillotine, *Guillermo Arriaga*
P2095. Le Temps des cendres, *Jorge Volpi*
P2096. Frida Khalo par Frida Khalo. Lettres 1922-1954
Frida Khalo
P2097. Anthologie de la poésie mexicaine, *Claude Beausoleil*
P2098. Les Yeux du dragon, petits poèmes chinois, *Anthologie*
P2099. Seul dans la splendeur, *John Keats*
P2100. Beaux Présents, Belles Absentes, *Georges Perec*

P2101. Les Plus Belles Lettres du professeur Rollin.
Ou comment écrire au roi d'Espagne
pour lui demander la recette du gaspacho
François Rollin

P2102. Répertoire des délicatesses du français contemporain
Renaud Camus

P2103. Un lien étroit, *Christine Jordis*

P2104. Les Pays lointains, *Julien Green*

P2105. L'Amérique m'inquiète.
Chroniques de la vie américaine 1
Jean-Paul Dubois

P2106. Moi je viens d'où ? *suivi de* C'est quoi l'intelligence ?
et de E = CM2, *Albert Jacquard, Marie-José Auderset*

P2107. Moi et les autres, initiation à la génétique
Albert Jacquard

P2108. Quand est-ce qu'on arrive ?, *Howard Buten*

P2109. Tendre est la mer, *Philip Plisson, Yann Queffélec*

P2110. Tabarly, *Yann Queffélec*

P2111. Les Hommes à terre, *Bernard Giraudeau*

P2112. Le Phare appelle à lui la tempête et autres poèmes
Malcolm Lowry

P2113. L'Invention des Désirades et autres poèmes
Daniel Maximin

P2114. Antartida, *Francisco Coloane*

P2115. Brefs Aperçus sur l'éternel féminin, *Denis Grozdanovitch*

P2116. Le Vol de la mésange, *François Maspero*

P2117. Tordu, *Jonathan Kellerman*

P2118. Flic à Hollywood, *Joseph Wambaugh*

P2119. Ténébreuses, *Karin Alvtegen*

P2120. La Chanson du jardinier. Les enquêtes de Miss Lalli
Kalpana Swaminathan

P2121. Portrait de l'écrivain en animal domestique
Lydie Salvayre

P2122. In memoriam, *Linda Lê*

P2123. Les Rois écarlates, *Tim Willocks*

P2124. Arrivederci amore, *Massimo Carlotto*

P2125. Les Carnets de monsieur Manatane
Benoît Poelvoorde, Pascal Lebrun

P2126. Guillon aggrave son cas, *Stéphane Guillon*

P2127. Le Manuel du parfait petit masochiste
Dan Greenburg, Marcia Jacobs

P2128. Shakespeare et moi, *Woody Allen*

P2129. Pour en finir une bonne fois pour toutes avec la culture
Woody Allen

P2130. Porno, *Irvine Welsh*

P2131. Jubilee, *Margaret Walker*

P2132. Michael Tolliver est vivant, *Armistead Maupin*
P2133. Le Saule, *Hubert Selby Jr*
P2134. Les Européens, *Henry James*
P2135. Comédie new-yorkaise, *David Schickler*
P2136. Professeur d'abstinence, *Tom Perrotta*
P2137. Haut vol : histoire d'amour, *Peter Carey*
P2139. La Danseuse de Mao, *Qiu Xiaolong*
P2140. L'Homme délaissé, *C.J. Box*
P2141. Les Jardins de la mort, *George P. Pelecanos*
P2142. Avril rouge, *Santiago Roncagliolo*
P2143. Ma mère, *Richard Ford*
P2144. Comme une mère, *Karine Reysset*
P2145. Titus d'Enfer. La Trilogie de Gormenghast, 1
       Mervyn Peake
P2146. Gormenghast. La Trilogie de Gormenghast, 2
       Mervyn Peake
P2147. Au monde.
       Ce qu'accoucher veut dire : une sage-femme raconte…
       Chantal Birman
P2148. Du plaisir à la dépendance.
       Nouvelles thérapies, nouvelles addictions
       Michel Lejoyeux
P2149. Carnets d'une longue marche.
       Nouvelle marche d'Istanbul à Xi'an
       Bernard Ollivier, François Dermaut
P2150. Treize Lunes, *Charles Frazier*
P2151. L'Amour du français.
       Contre les puristes et autres censeurs de la langue
       Alain Rey
P2152. Le Bout du rouleau, *Richard Ford*
P2153. Belle-sœur, *Patrick Besson*
P2154. Après, Fred Chichin est mort, *Pascale Clark*
P2155. La Leçon du maître et autres nouvelles, *Henry James*
P2156. La Route, *Cormac McCarthy*
P2157. À genoux, *Michael Connelly*
P2158. Baka !, *Dominique Sylvain*
P2159. Toujours L.A., *Bruce Wagner*
P2160. C'est la vie, *Ron Hansen*
P2161. Groom, *François Vallejo*
P2162. Les Démons de Dexter, *Jeff Lindsay*
P2163. Journal 1942-1944, *Hélène Berr*
P2164. Journal 1942-1944 (édition scolaire), *Hélène Berr*
P2165. Pura vida. Vie et Mort de William Walker, *Patrick Deville*
P2166. Terroriste, *John Updike*
P2167. Le Chien de Dieu, *Patrick Bard*
P2168. La Trace, *Richard Collasse*

P2169. L'Homme du lac, *Arnaldur Indridason*
P2170. Et que justice soit faite, *Michael Koryta*
P2171. Le Dernier des Weynfeldt, *Martin Suter*
P2172. Le Noir qui marche à pied, *Louis-Ferdinand Despreez*
P2173. Abysses, *Frank Schätzing*
P2174. L'Audace d'espérer. Un nouveau rêve américain
       Barack Obama
P2175. Une Mercedes blanche avec des ailerons, *James Hawes*
P2176. La Fin des mystères, *Scarlett Thomas*
P2177. La Mémoire neuve, *Jérôme Lambert*
P2178. Méli-vélo. Abécédaire amoureux du vélo, *Paul Fournel*
P2179. Le Prince des braqueurs, *Chuck Hogan*
P2180. Corsaires du Levant, *Arturo Pérez-Reverte*
P2181. Mort sur liste d'attente, *Veit Heinichen*
P2182. Héros et Tombes, *Ernesto Sabato*
P2183. Teresa l'après-midi, *Juan Marsé*
P2184. Titus errant. La Trilogie de Gormenghast, 3
       Mervyn Peake
P2185. Julie & Julia. Sexe, blog et bœuf bourguignon
       Julie Powell
P2186. Le Violon d'Hitler, *Igal Shamir*
P2187. La mère qui voulait être femme, *Maryse Wolinski*
P2188. Le Maître d'amour, *Maryse Wolinski*
P2189. Les Oiseaux de Bangkok, *Manuel Vázquez Montalbán*
P2190. Intérieur Sud, *Bertrand Visage*
P2191. L'homme qui voulait voir Mahona, *Henri Gougaud*
P2192. Écorces de sang, *Tana French*
P2193. Café Lovely, *Rattawut Lapcharoensap*
P2194. Vous ne me connaissez pas, *Joyce Carol Oates*
P2195. La Fortune de l'homme et autres nouvelles, *Anne Brochet*
P2196. L'Été le plus chaud, *Zsuzsa Bánk*
P2197. Ce que je sais… Un magnifique désastre 1988-1995.
       Mémoires 2, *Charles Pasqua*
P2198. Ambre, vol. 1, *Kathleen Winsor*
P2199. Ambre, vol. 2, *Kathleen Winsor*
P2200. Mauvaises Nouvelles des étoiles, *Serge Gainsbourg*
P2201. Jour de souffrance, *Catherine Millet*
P2202. Le Marché des amants, *Christine Angot*
P2203. L'État des lieux, *Richard Ford*
P2204. Le Roi de Kahel, *Tierno Monénembo*
P2205. Fugitives, *Alice Munro*
P2206. La Beauté du monde, *Michel Le Bris*
P2207. La Traversée du Mozambique par temps calme
       Patrice Pluyette
P2208. Ailleurs, *Julia Leigh*
P2209. Un diamant brut, *Yvette Szczupak-Thomas*

P2210. Trans, *Pavel Hak*
P2211. Peut-être une histoire d'amour, *Martin Page*
P2212. Peuls, *Tierno Monénembo*
P2214. Le Cas Sonderberg, *Elie Wiesel*
P2215. Fureur assassine, *Jonathan Kellerman*
P2216. Misterioso, *Arne Dahl*
P2217. Shotgun Alley, *Andrew Klavan*
P2218. Déjanté, *Hugo Hamilton*
P2219. La Récup, *Jean-Bernard Pouy*
P2220. Une année dans la vie de Tolstoï, *Jay Parini*
P2221. Les Accommodements raisonnables, *Jean-Paul Dubois*
P2222. Les Confessions de Max Tivoli, *Andrew Sean Greer*
P2223. Le pays qui vient de loin, *André Bucher*
P2224. Le Supplice du santal, *Mo Yan*
P2225. La Véranda, *Robert Alexis*
P2226. Je ne sais rien… mais je dirai (presque) tout
        Yves Bertrand
P2227. Un homme très recherché, *John le Carré*
P2228. Le Correspondant étranger, *Alan Furst*
P2229. Brandebourg, *Henry Porter*
P2230. J'ai vécu 1 000 ans, *Mariolina Venezia*
P2231. La Conquistadora, *Eduardo Manet*
P2232. La Sagesse des fous, *Einar Karason*
P2233. Un chasseur de lions, *Olivier Rolin*
P2234. Poésie des troubadours. Anthologie, *Henri Gougaud (dir.)*
P2235. Chacun vient avec son silence. Anthologie
        Jean Cayrol
P2236. Badenheim 1939, *Aharon Appelfeld*
P2237. Le Goût sucré des pommes sauvages, *Wallace Stegner*
P2238. Un mot pour un autre, *Rémi Bertrand*
P2239. Le Bêtisier de la langue française, *Claude Gagnière*
P2240. Esclavage et Colonies, *G. J. Danton et L. P. Dufay,*
        L. Sédar Senghor, C. Taubira
P2241. Race et Nation, *M. L. King, E. Renan*
P2242. Face à la crise, *B. Obama, F. D. Roosevelt*
P2243. Face à la guerre, *W. Churchill, général de Gaulle*
P2244. La Non-Violence, *Mahatma Gandhi, Dalaï Lama*
P2245. La Peine de mort, *R. Badinter, M. Barrès*
P2246. Avortement et Contraception, *S. Veil, L. Neuwirth*
P2247. Les Casseurs et l'Insécurité
        F. Mitterrand et M. Rocard, N. Sarkozy
P2248. La Mère de ma mère, *Vanessa Schneider*
P2249. De la vie dans son art, de l'art dans sa vie
        Anny Duperey et Nina Vidrovitch
P2250. Desproges en petits morceaux. Les meilleures citations
        Pierre Desproges

P2251. Dexter I, II, III, *Jeff Lindsay*
P2252. God's pocket, *Pete Dexter*
P2253. En effeuillant Baudelaire, *Ken Bruen*
P2254. Meurtres en bleu marine, *C.J. Box*
P2255. Le Dresseur d'insectes, *Arni Thorarinsson*
P2256. La Saison des massacres, *Giancarlo de Cataldo*
P2257. Évitez le divan
       Petit guide à l'usage de ceux qui tiennent à leurs symptômes
       Philippe Grimbert
P2258. La Chambre de Mariana, *Aharon Appelfeld*
P2259. La Montagne en sucre, *Wallace Stegner*
P2260. Un jour de colère, *Arturo Pérez-Reverte*
P2261. Le Roi transparent, *Rosa Montero*
P2262. Le Syndrome d'Ulysse, *Santiago Gamboa*
P2263. Catholique anonyme, *Thierry Bizot*
P2264. Le Jour et l'Heure, *Guy Bedos*
P2265. Le Parlement des fées
       I. L'Orée des bois, *John Crowley*
P2266. Le Parlement des fées
       II. L'Art de la mémoire, *John Crowley*
P2267. Best-of Sarko, *Plantu*
P2268. 99 Mots et Expressions à foutre à la poubelle
       Jean-Loup Chiflet
P2269. Le Baleinié. Dictionnaire des tracas
       Christine Murillo, Jean-Claude Leguay,
       Grégoire Œstermann
P2270. Couverture dangereuse, *Philippe Le Roy*
P2271. Quatre Jours avant Noël, *Donald Harstad*
P2272. Petite Bombe noire, *Christopher Brookmyre*
P2273. Journal d'une année noire, *J.M. Coetzee*
P2274. Faites vous-même votre malheur, *Paul Watzlawick*
P2275. Paysans, *Raymond Depardon*
P2276. Homicide special, *Miles Corwin*
P2277. Mort d'un Chinois à La Havane, *Leonardo Padura*
P2278. Le Radeau de pierre, *José Saramago*
P2279. Contre-jour, *Thomas Pynchon*
P2280. Trick Baby, *Iceberg Slim*
P2281. Perdre est une question de méthode, *Santiago Gamboa*
P2282. Le Rocher de Montmartre, *Joanne Harris*
P2283. L'Enfant du Jeudi noir, *Alejandro Jodorowsky*
P2284. Lui, *Patrick Besson*
P2285. Tarabas, *Joseph Roth*
P2286. Le Cycliste de San Cristobal, *Antonio Skármeta*
P2287. Récit des temps perdus, *Aris Fakinos*
P2288. L'Art délicat du deuil
       Les nouvelles enquêtes du juge Ti (vol. 7)
       Frédéric Lenormand

P2289. Ceux qu'on aime, *Steve Mosby*
P2290. Lemmer, l'invisible, *Deon Meyer*
P2291. Requiem pour une cité de verre, *Donna Leon*
P2292. La Fille du Samouraï, *Dominique Sylvain*
P2293. Le Bal des débris, *Thierry Jonquet*
P2294. Beltenebros, *Antonio Muñoz Molina*
P2295. Le Bison de la nuit, *Guillermo Arriaga*
P2296. Le Livre noir des serial killers, *Stéphane Bourgoin*
P2297. Une tombe accueillante, *Michael Koryta*
P2298. Roldán, ni mort ni vif, *Manuel Vásquez Montalbán*
P2299. Le Petit Frère, *Manuel Vásquez Montalbán*
P2300. Poussière d'os, *Simon Beckett*
P2301. Le Cerveau de Kennedy, *Henning Mankell*
P2302. Jusque-là… tout allait bien !, *Stéphane Guillon*
P2303. Une parfaite journée parfaite, *Martin Page*
P2304. Corps volatils, *Jakuta Alikavazovic*
P2305. De l'art de prendre la balle au bond
       Précis de mécanique gestuelle et spirituelle
       Denis Grozdanovitch
P2306. Regarde la vague, *François Emmanuel*
P2307. Des vents contraires, *Olivier Adam*
P2308. Le Septième Voile, *Juan Manuel de Prada*
P2309. Mots d'amour secrets.
       100 lettres à décoder pour amants polissons
       Jacques Perry-Salkow, Frédéric Schmitter
P2310. Carnets d'un vieil amoureux, *Marcel Mathiot*
P2311. L'Enfer de Matignon, *Raphaëlle Bacqué*
P2312. Un État dans l'État. Le contre-pouvoir maçonnique
       Sophie Coignard
P2313. Les Femelles, *Joyce Carol Oates*
P2314. Ce que je suis en réalité demeure inconnu, *Virginia Woolf*
P2315. Luz ou le temps sauvage, *Elsa Osorio*
P2316. Le Voyage des grands hommes, *François Vallejo*
P2317. Black Bazar, *Alain Mabanckou*
P2318. Les Crapauds-brousse, *Tierno Monénembo*
P2319. L'Anté-peuple, *Sony Labou Tansi*
P2320. Anthologie de poésie africaine,
       Six poètes d'Afrique francophone, *Alain Mabanckou (dir.)*
P2321. La Malédiction du lamantin, *Moussa Konaté*
P2322. Green Zone, *Rajiv Chandrasekaran*
P2323. L'Histoire d'un mariage, *Andrew Sean Greer*
P2324. Gentlemen, *Klas Östergren*
P2325. La Belle aux oranges, *Jostein Gaarder*
P2326. Bienvenue à Egypt Farm, *Rachel Cusk*
P2327. Plage de Manacorra, 16 h 30, *Philippe Jaenada*
P2328. La Vie d'un homme inconnu, *Andreï Makine*

P2329. L'Invité, *Hwang Sok-yong*
P2330. Petit Abécédaire de culture générale
40 mots-clés passés au microscope, *Albert Jacquard*
P2331. La Grande Histoire des codes secrets, *Laurent Joffrin*
P2332. La Fin de la folie, *Jorge Volpi*
P2333. Le Transfuge, *Robert Littell*
P2334. J'ai entendu pleurer la forêt, *Françoise Perriot*
P2335. Nos grand-mères savaient
Petit dictionnaire des plantes qui guérissent, *Jean Palaiseul*
P2336. Journée d'un opritchnik, *Vladimir Sorokine*
P2337. Cette France qu'on oublie d'aimer, *Andreï Makine*
P2338. La Servante insoumise, *Jane Harris*
P2339. Le Vrai Canard, *Karl Laske, Laurent Valdiguié*
P2340. Vie de poète, *Robert Walser*
P2341. Sister Carrie, *Theodore Dreiser*
P2342. Le Fil du rasoir, *William Somerset Maugham*
P2343. Anthologie. Du rouge aux lèvres. Haïjins japonaises.
Haïkus de poétesses japonaises du Moyen Age à nos jours
P2344. Poèmes choisis, *Marceline Desbordes-Valmore*
P2345. «Je souffre trop, je t'aime trop», Passions d'écrivains
sous la direction de Olivier et Patrick Poivre d'Arvor
P2346. «Faut-il brûler ce livre?», Écrivains en procès
sous la direction de Olivier et Patrick Poivre d'Arvor
P2347. À ciel ouvert, *Nelly Arcan*
P2348. L'Hirondelle avant l'orage, *Robert Littell*
P2349. Fuck America, *Edgar Hilsenrath*
P2350. Départs anticipés, *Christopher Buckley*
P2351. Zelda, *Jacques Tournier*
P2352. Anesthésie locale, *Günter Grass*
P2353. Les filles sont au café, *Geneviève Brisac*
P2354. Comédies en tout genre, *Jonathan Kellerman*
P2355. L'Athlète, *Knut Faldbakken*
P2356. Le Diable de Blind River, *Steve Hamilton*
P2357. Le doute m'habite.
Textes choisis et présentés par Christian Gonon
Pierre Desproges
P2358. La Lampe d'Aladino et autres histoires pour vaincre l'oubli
Luis Sepúlveda
P2359. Julius Winsome, *Gerard Donovan*
P2360. Speed Queen, *Stewart O'Nan*
P2361. Dope, *Sara Gran*
P2362. De ma prison, *Taslima Nasreen*
P2363. Les Ghettos du Gotha. Au cœur de la grande bourgeoisie
Michel Pinçon et Monique Pinçon-Charlot
P2364. Je dépasse mes peurs et mes angoisses
Christophe André et Muzo

P2365. Afrique(s), *Raymond Depardon*
P2366. La Couleur du bonheur, *Wei-Wei*
P2367. La Solitude des nombres premiers, *Paolo Giordano*
P2368. Des histoires pour rien, *Lorrie Moore*
P2369. Déroutes, *Lorrie Moore*
P2370. Le Sang des Dalton, *Ron Hansen*
P2371. La Décimation, *Rick Bass*
P2372. La Rivière des Indiens, *Jeffrey Lent*
P2373. L'Agent indien, *Dan O'Brien*
P2374. Pensez, lisez. 40 livres pour rester intelligent
P2375. Des héros ordinaires, *Eva Joly*
P2376. Le Grand Voyage de la vie.
       Un père raconte à son fils
       Tiziano Terzani
P2377. Naufrages, *Francisco Coloane*
P2378. Le Remède et le Poison, *Dirk Wittenbork*
P2379. Made in China, *J. M. Erre*
P2380. Joséphine, *Jean Rolin*
P2381. Un mort à l'Hôtel Koryo, *James Church*
P2382. Ciels de foudre, *C.J. Box*
P2383. Robin des bois, prince des voleurs, *Alexandre Dumas*
P2384. Comment parler le belge, *Philippe Genion*
P2385. Le Sottisier de l'école, *Philippe Mignaval*
P2386. «À toi, ma mère», Correspondances intimes
       sous la direction de Olivier et Patrick Poivre d'Arvor
P2387. «Entre la mer et le ciel», Rêves et récits de navigateurs
       s*ous la direction de Olivier et Patrick Poivre d'Arvor*
P2388. L'Île du lézard vert, *Eduardo Manet*
P2389. «La paix a ses chances», *suivi de* «Nous proclamons la
       création d'un État juif», *suivi de* «La Palestine est le pays
       natal du peuple palestinien»
       Itzhak Rabin, David Ben Gourion, Yasser Arafat
P2390. «Une révolution des consciences», *suivi de* «Appeler le
       peuple à la lutte ouverte»
       Aung San Suu Kyi, Léon Trotsky
P2391. «Le temps est venu», *suivi de* «Éveillez-vous à la
       liberté», *Nelson Mandela, Jawaharlal Nehru*
P2392. «Entre ici, Jean Moulin», *suivi de* «Vous ne serez pas
       morts en vain», *André Malraux, Thomas Mann*
P2393. Bon pour le moral ! 40 livres pour se faire du bien
P2394. Les 40 livres de chevet des stars, The Guide
P2395. 40 livres pour se faire peur, Guide du polar
P2396. Tout est sous contrôle, *Hugh Laurie*
P2397. Le Verdict du plomb, *Michael Connelly*
P2398. Heureux au jeu, *Lawrence Block*
P2399. Corbeau à Hollywood, *Joseph Wambaugh*

P2400. Pêche à la carpe sous Valium, *Graham Parker*
P2401. Je suis très à cheval sur les principes, *David Sedaris*
P2402. Si loin de vous, *Nina Revoyr*
P2403. Les Eaux mortes du Mékong, *Kim Lefèvre*
P2404. Cher amour, *Bernard Giraudeau*
P2405. Les Aventures miraculeuses de Pomponius Flatus
Eduardo Mendoza
P2406. Un mensonge sur mon père, *John Burnside*
P2407. Hiver arctique, *Arnaldur Indridason*
P2408. Sœurs de sang, *Dominique Sylvain*
P2409. La Route de tous les dangers, *Kriss Nelscott*
P2410. Quand je serai roi, *Enrique Serna*
P2411. Le Livre des secrets. La vie cachée d'Esperanza Gorst
Michael Cox
P2412. Sans douceur excessive, *Lee Child*
P2413. Notre guerre. Journal de Résistance 1940-1945
Agnès Humbert
P2414. Le jour où mon père s'est tu, *Virginie Linhart*
P2415. Le Meilleur de «L'Os à moelle», *Pierre Dac*
P2416. Les Pipoles à la porte, *Didier Porte*
P2417. Trois tasses de thé. La mission de paix d'un Américain au
Pakistan et en Afghanistan
Greg Mortenson et David Oliver Relin
P2418. Un mec sympa, *Laurent Chalumeau*
P2419. Au diable vauvert, *Maryse Wolinski*
P2420. Le Cinquième Évangile, *Michael Faber*
P2421. Chanson sans paroles, *Ann Packer*
P2422. Grand-mère déballe tout, *Irene Dische*
P2423. La Couturière, *Frances de Pontes Peebles*
P2424. Le Scandale de la saison, *Sophie Gee*
P2425. Ursúa, *William Ospina*
P2426. Blonde de nuit, *Thomas Perry*
P2427. La Petite Brocante des mots. Bizarreries, curiosités et
autres enchantements du français, *Thierry Leguay*
P2428. Villages, *John Updike*
P2429. Le Directeur de nuit, *John le Carré*
P2430. Petit Bréviaire du braqueur, *Christopher Brookmyre*
P2431. Un jour en mai, *George Pelecanos*
P2432. Les Boucanières, *Edith Wharton*
P2433. Choisir la psychanalyse, *Jean-Pierre Winter*
P2434. À l'ombre de la mort, *Veit Heinichen*
P2435. Ce que savent les morts, *Laura Lippman*
P2436. István arrive par le train du soir, *Anne-Marie Garat*
P2437. Jardin de poèmes enfantins, *Robert Louis Stevenson*
P2438. Netherland, *Joseph O'Neill*
P2439. Le Remplaçant, *Agnès Desarthe*

P2440. Démon, *Thierry Hesse*
P2441. Du côté de Castle Rock, *Alice Munro*
P2442. Rencontres fortuites, *Mavis Gallant*
P2443. Le Chasseur, *Julia Leigh*
P2444. Demi-Sommeil, *Eric Reinhardt*
P2445. Petit déjeuner avec Mick Jagger, *Nathalie Kuperman*
P2446. Pirouettes dans les ténèbres, *François Vallejo*
P2447. Maurice à la poule, *Matthias Zschokke*
P2448. La Montée des eaux, *Thomas B. Reverdy*
P2449. La Vaine Attente, *Nadeem Aslam*
P2450. American Express, *James Salter*
P2451. Le lendemain, elle était souriante, *Simone Signoret*
P2452. Le Roman de la Bretagne, *Gilles Martin-Chauffier*
P2453. Baptiste, *Vincent Borel*
P2454. Crimes d'amour et de haine, *Faye et Jonathan Kellerman*
P2455. Publicité meurtrière, *Petros Markaris*
P2456. Le Club du crime parfait, *Andrés Trapiello*
P2457. Mort d'un maître de go.
       Les nouvelles enquêtes du Juge Ti (vol. 8)
       Frédéric Lenormand
P2458. Le Voyage de l'éléphant, *José Saramago*
P2459. L'Arc-en-ciel de la gravité, *Thomas Pynchon*
P2460. La Dure Loi du Karma, *Mo Yan*
P2461. Comme deux gouttes d'eau, *Tana French*
P2462. Triste Flic, *Hugo Hamilton*
P2463. Last exit to Brest, *Claude Bathany*
P2464. Mais le fleuve tuera l'homme blanc, *Patrick Besson*
P2465. Lettre à un ami perdu, *Patrick Besson*
P2466. Les Insomniaques, *Camille de Villeneuve*
P2467. Les Veilleurs, *Vincent Message*
P2468. Bella Ciao, *Eric Holder*
P2469. Monsieur Joos, *Frédéric Dard*
P2470. La Peuchère, *Frédéric Dard*
P2471. La Saga des francs-maçons
       Marie-France Etchegoin, Frédéric Lenoir
P2472. Biographie de Alfred de Musset, *Paul de Musset*
P2473. Conseils à une Parisienne, et autres poèmes choisis
       Alfred de Musset
P2474. Le Roman de l'âme slave, *Vladimir Fédorovski*
P2475. La Guerre et la Paix, *Léon Tolstoï*
P2220. Une année dans la vie de Tolstoï, *Jay Parini*
P2476. Propos sur l'imparfait, *Jacques Drillon*
P2477. Le Sottisier du collège, *Philippe Mignaval*
P2478. Brèves de philo, *Laurence Devillairs*
P2479. L'Arbre du père, *Judy Pascoe*
P2480. Contes carnivores, *Bernard Quiriny*